Sonderausgabe 3

Dilaras Glück

AF138724

von

Jaliah J.

Impressum

Alle Rechte am Werk liegen beim Autor
J., Jaliah
Sonderausgabe 3
Dilaras Glück

Berlin, Dezember 2015
Zweitauflage
Lektorat: Günter Bast, Theresa, Sirin
Cover/Bildgestaltung: Klaud Design – Marie Wölk

Herstellung und Verlag:
BoD - Books on Demand, Norderstedt

ISBN 978-3-7392-0704-9

www.jaliahj.de

Eure Weihnachtsüberraschung

Alles ist dunkel, es riecht nach nassem Holz und es ist kalt. Es gibt nur einige kleine Schlitze, durch die das kleine Mädchen krampfhaft versucht etwas zu erkennen, doch sie sieht nichts. Sie friert, alles an ihr ist nass und sie würde am liebsten laut schreien, doch sie hat verstanden, dass sie das nicht darf.

Durst trocknet ihre Kehle aus, so schlimm, dass sie an einem kleinen nassen Stein gelutscht hat, der mit ihr in der kleinen Holzkiste liegt, in der sie schon so lange gefangen gehalten wird. Es war so lange total dunkel, erst jetzt ist es wieder hell geworden. Sie versteht nicht, was sie so Schlimmes getan hat, was passiert ist. Sie weiß nur, dass sie Angst hat und sie ruhig sein muss, damit sie wieder in den Schuppen darf, wo sie wenigstens etwas mehr Platz hat und nicht allein ist.

Als plötzlich die Holzkiste geöffnet wird, wird das kleine Mädchen vom Licht geblendet und sie erkennt nicht, wer nach ihren Locken greift. »Na siehst du, so schwer ist es doch nicht. Du bist eine Dimengo, du solltest nicht so eine Heulsuse sein. Wenn ich dich noch einmal höre, kommst du dieses Mal für zwei Nächte in die Kiste.« Das Mädchen schreit auf, als er sie an den Haaren aus der Kiste zieht.

Erschrocken öffnet das kleine Mädchen mit den wilden Locken ihre Augen, wobei ihr ein leiser Schrei entfährt. Sie schüttelt ihren kleinen Kopf und sieht sich in ihrem Zimmer um. Sie ist in Sicherheit, sie ist nicht mehr in dem Haus und war in keiner Kiste, doch trotzdem spürt sie noch immer diesen schrecklichen Durst und fast jede Nacht träumt sie, dass sie wieder eingesperrt ist.

Sie sieht sich müde um. Sie ist in ihrem neuen Zimmer, das mit schönen Puppen und Spielzeug vollgestellt ist. Sie hat jetzt das schöne Prinzessinnen-Bett, welches sie die ganze Zeit haben wollte und auf dem sie gerade beim Spielen mit ihren neuen Barbies eingeschlafen sein muss. Das Mädchen will nach ihren Puppen greifen und sieht, dass der ganze Kakao aus ihrem Prinzessinnen-Becher auf ihr neues Bett und die schöne Bettwäsche ausgekippt ist. Ihre Barbies liegen daneben, aber da das kleine Mädchen geschlafen hat, müssen sie das gemacht haben. »Was habt ihr getan? Rodriguez hat so oft mit uns gemeckert, dass wir nicht immer unsere Getränke überall mit hinnehmen sollen und jetzt bekommen wir noch mehr Ärger. Wisst ihr, was man mit bösen Mädchen wie euch macht?«

Das kleine Mädchen hat Angst und ist wütend zugleich, weil sie weiß, dass sie wieder Ärger bekommen wird. Dabei waren es ihre Puppen und sie weiß auch genau, dass die anderen Kinder in der Familie, in der sie jetzt mit ihrer Mutter lebt, nicht so viel Ärger bekommen wie sie und dass die nicht so viel schlimme Sachen machen, wie sie es immer tut.

Das Mädchen blickt sich um und sieht die kleine Schmuckkiste, die sie von Rodriguez' Bruder Paco bekommen hat. Sie weiß, dass sie sie Papa und Onkel nennen darf, doch sie vergisst es immer wieder. Schnell legt sie die paar Schmuckstücke heraus und legt die Barbies hinein. Sie will nicht so böse sein, doch sie weiß, dass sie sie bestrafen muss. Ihr kommen die Tränen, als sie die Puppen in der Kiste liegen sieht, weil sie weiß, was für eine Angst sie gleich haben werden, die gleiche Angst, die sie selbst gespürt hat. Sie läuft schnell zurück zu ihrem Bett und nimmt den Becher, in dem noch etwas Kakao ist. Sie schüttet es in die Kiste zu den Puppen. »Damit ihr keinen Durst habt.«

Als sie danach die Kiste wieder schließen will, stören die Köpfe der Puppen und sie schlägt so lange die Kiste zu, bis die Köpfe ab sind und sie die Kiste endlich schließen kann. Sie wird die Puppen bald wieder befreien, doch erst einmal steht sie auf und schleicht sich leise auf den Flur.

Ihre Mutter und Rodriguez schlafen zwei Zimmer weiter, aus dem Dilara jetzt Stimmen hört. Die Tür ist angelehnt und sie sieht durch den Schlitz.

Ihre Mutter liegt müde im Bett, neben ihr sitzt Bella mit ihrer Tochter Latizia und Rodriguez hält Damian im Arm, der seit drei Tagen bei ihnen ist. Rodriguez hat ihr gesagt, dass es ihr Bruder sei, doch das kleine Mädchen glaubt nicht daran. Er schreit nur und er hat nicht die gleiche Augenfarbe wie sie und ihre Mutter. Bella steht nun auch auf und sieht auf das kleine Baby in Rodriguez' Armen. »Er sieht aus wie du, unfassbar, wie süß er ist.« Dilara sieht, wie glücklich ihre Mutter zu den beiden und dem Baby lächelt und sie würde am liebsten laut losschreien, doch sie weiß ja, dass sie das nicht darf.

Zwar hat ihre Mutter sie noch nie so bestraft wie die Männer, die sie und ihre Tante Emilia eingesperrt hatten, bis Rodriguez sie befreit hat, doch sie hat Angst, dass wenn sie wieder schreit, sie auch hier in eine Kiste muss. »Ich wusste nicht, dass ich in der Lage bin, jemanden so zu lieben, dann kam Melissa und jetzt Damian, ich bin wirklich ein reicher Mann, ich habe alles, was man sich wünschen kann.« Er küsst das Baby und Dilara sieht traurig auf den Boden.

Manchmal hat Rodriguez ihr einen Kuss auf die Wange gegeben oder sie auf den Arm genommen und gesagt, dass er sie lieb habe, aber sie weiß ja jetzt, dass er nur ihre Mama und den kleinen Schreihals liebt. Als sie sieht, wie glücklich ihre Mutter ist, weiß sie, dass auch ihre Mutter nur noch die beiden liebt, für sie hat sie kaum noch Zeit. Bella lacht leise. »Da siehst du, wie sich alles ändert, Paco und du hätten vor einigen Jahren sicher nicht daran gedacht, dass alles mal so kommen wird ...«

Das kleine Mädchen hat genug gehört. Sie muss probieren, die Flecken von ihrem Bett zu bekommen, ohne dass es jemand merkt und sie wieder Ärger bekommt. Sie sieht sich nach ihrem Hund um. Tequila hilft ihr immer, doch er ist nirgendwo zu entdecken, also nimmt sie ihr Bettzeug und beißt die Zähne zusammen, als sie mühevoll alles die Treppen nach unten zieht. Die Terrassentür steht offen und weil sie noch nicht weiß wie die Waschmaschine funktioniert, hat sie eine Idee.

Sie kann noch nicht so gut schwimmen und weiß, dass sie nicht allein an den Pool soll. Doch es ist jetzt wichtiger, keinen Ärger zu bekommen. Sie schiebt das Bettzeug in den Pool und beobachtet, wie die Sachen vom Wasser nass werden. Gleich holt sie sie wieder heraus und legt sie in die Sonne zum Trocknen, so wie es ihre Mutter immer mit der Wäsche aus der Waschmaschine macht, doch dann hört sie lautes Geschrei.

Sie hört jemand nach Tequila rufen und lachen. Das kleine Mädchen schiebt sich sauer ihre Locken hinter ihre Ohren, bevor sie aufsteht und zurück ins Haus geht. Sie öffnet die Haustür und rennt gegen zwei starke Beine. »Hallo meine Hübsche, wohin so schnell?« Sie blickt nach oben, direkt Paco in die Augen, der gerade zu ihnen wollte.

Das Mädchen zeigt zwei Häuser weiter. »Ich hole Tequila!« Paco lässt Leandro von seinem Arm. Leandro mag sie, er ist etwas jünger als sie, aber sie spielt gern mit ihm. »So?« Das Mädchen hat ganz vergessen, dass sie nur eine Bikinihose und ein Trägertop anhat. Sie sollte sich schon lange anziehen, aber sie ist ja eingeschlafen, also nickt sie nur zu Paco, der sie anlächelt und ihr über ihre Haare streicht. »Okay, aber komm gleich zurück, Leandro will mit dir spielen, du wolltest ihm doch zeigen, wie dein neues Spiel funktioniert.« Das stimmt, das hatte sie vergessen. Barfuß rennt sie vorbei an Paco und Bellas Haus. Sie sieht ein Auto auf den Parkplatz fahren, doch sie rennt weiter zu dem Haus, wo noch ein Bruder von Rodriguez wohnt, Ramon.

Er hat zwei Söhne. Als das kleine Mädchen die Haustür aufschiebt, hört sie die beiden im Garten herumschreien. »Hallo Dilara, bist du gekommen, um mit Miguel und Sami zu spielen? Ich habe gerade Kekse gebacken, möchtest du einen?« Das Mädchen nickt zu der hübschen blonden Frau von Ramon, Jennifer, und geht schnell zu ihr in die Küche. »Ich habe auch Durst!« Jennifer gießt ihr ein Glas ein und lächelt. »Ich wünschte, Sami und Miguel würden so viel trinken wie du.« Das Mädchen leert das Glas in einem Zug und bedankt sich schnell, bevor sie in den Garten rennt.

Die beiden Jungen laufen wie wild mit Tequila um den Pool herum, doch als Tequila sie sieht, hüpft er freudig zu ihr und sie nimmt ihn auf den Arm. Eigentlich spielt sie gern mit den älteren Jungen, besonders Miguel ist sehr nett zu ihr, doch gestern haben sie sich alle gestritten, weil sie Dilara nicht Fußball mitspielen lassen wollten. Leandro durfte mitspielen, dabei ist er jünger, doch sie haben gesagt, dass Mädchen das nicht spielen können, deswegen ist sie sauer auf sie. »Das ist mein Hund!« Sie will sich abwenden, doch Sami ist schnell bei ihr und hält sie fest. »Aber wir sind eine Familie und du musst alles mit uns teilen.« Er will ihr Tequila vom Arm nehmen, doch das kleine Mädchen denkt nicht daran und tritt ihn.

»Das ist mir egal!« Auch wenn Sami so tut, als hätte ihm das nicht wehgetan, sieht sie, wie sich Tränen in seinen Augen bilden und sie lächelt zufrieden. »Ja, weil du gar nicht zu unserer Familie gehörst. Ich habe gehört, wie dein Vater mit meinem geredet hat und gesagt hat, dass er gar nicht weiß, was er mit dir machen soll. Du machst nur Blödsinn und bist nicht so lieb wie die anderen Mädchen in der Familie.« Die Worte treffen das Mädchen, vielleicht genauso hart wie der Fußtritt Sami getroffen hat, doch sie hat gelernt, nicht zu zeigen wenn sie traurig ist und streckt ihm die Zunge entgegen, bevor sie wegrennt. »Ist mir egal, er ist nicht mein Vater, ich habe keinen Vater!«

Das Mädchen rennt schnell mit Tequila im Arm ins Haus, an Jennifer vorbei, die gerade nachsehen will, was los ist, da geht die Haustür auf. Rodriguez tritt ein und funkelt sie wütend an. »DILARA!« Er hält die nasse Bettwäsche aus dem Pool in einer Hand und die kopflosen Barbies, die sie in der Kiste versteckt hat, in der anderen. Das kleine Mädchen schluckt schwer.

Tief in sich drin wusste sie in diesem Moment genau, dass er sie niemals so lieb haben wird wie ihre Mutter oder Damian.

Kapitel 1

»Lass es an, ich liebe dieses Lied!«

Dilara lehnt sich genervt im Auto zurück und lässt das alte Sommerlied ihrer Mutter laufen. »Ich kann nicht glauben, dass du die Musik deiner Mutter nicht rauf und runter hörst und dass du kaum jemandem sagst, wer deine Mutter ist, ich würde damit aber so was von angeben. Besonders hier in Chile ist sie noch immer eine der beliebtesten Sängerinnen, auch wenn sie seit fast zwanzig Jahren kein Lied mehr auf den Markt gebracht hat.«

Dilara würde am liebsten ihre Augen verdrehen und zieht ihr Handy aus der Tasche. »Die Show fängt in einer Stunde an, wir müssen in die Maske. Ich habe dir nur gesagt, dass sie meine Mutter ist, weil du mein Handy durchwühlt hast und unsere Bilder gefunden hast. Wie du es gesagt hast, sie ist schon lange keine Sängerin mehr, weshalb das an die große Glocke hängen?«

Marie ist hier in Chile zu einer sehr guten Freundin von Dilara geworden, doch manchmal ist sie einfach zu neugierig und erinnert Dilara an Dinge, die sie hier so gut es geht zu verdrängen versucht. »Ich habe nach der Nummer des heißen Kellners gesucht und ich verstehe sowieso nicht, wieso du Tausende von Bildern deiner Familie in deinem Handy hast, aber nie von ihnen redest. Außerdem singt deine Mutter doch wieder, sie tritt bald in Mexiko und Bolivien auf, bei diesem Charity Event, hast du das vergessen?« Das Lied ist zu Ende und Dilara stellt endlich den Motor des Wagens aus.

»Es ist nur eine Ausnahme, meine Mutter kennt die Frauenrechtlerin, die gestorben ist sehr gut und hat nur deshalb zugestimmt, bei den Gedenkkonzerten ein paar alte Lieder aufzuführen, vertrau mir, das wird sich nicht wiederholen.« Sie steigt aus und sieht angespannt zu den Lagerhallen. »Na gut, wie du meinst, in welche Halle müssen wir jetzt?«

Dilara sieht auf dem Plan nach, den sie an ihrer Universität für Mode und Textildesign von ihrer Lehrerin bekommen haben. Normalerweise dürfen sie sich solche Shows nur ansehen, doch dieses Mal sind fünf Studentinnen ausgesucht worden, die mitlaufen dürfen, Dilara und Marie gehören dazu. Sie zeigt Marie den Weg und sie beeilen sich, in die richtige Garderobe zu kommen. »Seid ihr Dilara und Marie von der Claire Universität?«

Sie nicken, als ein Mann mit einem Klemmbrett in der Hand sie genervt aufhält. »Setzt euch dahin, ihr seid zu spät. Ihr verwöhnten Dinger denkt auch, ihr könnt euch alles erlauben.« Dilara öffnet empört ihren Mund, doch Marie zieht sie schnell zu den Stühlen, wo sich gleich zwei Visagisten daran machen, sie zu schminken. »Zügle dein Temperament, es ist unser erster Auftritt als Model und es wird im Fernsehen übertragen, was bedeutet, dass wir vielleicht öfter solche Auftritte haben werden, also lass ihn reden.«

Dilara hört ausnahmsweise auf Marie, auch wenn sie sich sonst so etwas nicht bieten lassen würden. Sie gehen auf eine der teuersten Universitäten der Welt, Dilara hat ihre Mutter und ihren Vater lange überreden müssen, bis sie von den beiden die Erlaubnis für das Probejahr bekommen hat. Der Zeitpunkt war gut, denn Dilara wollte einfach nur weg aus Sierra, doch sie musste wirklich überzeugend sein, dass sie dieses teure Probejahr machen durfte und sich so weit weg von ihrer Familia aufhalten darf.

Es ist jetzt acht Monate her, dass sie Sierra verlassen hat und Dilara hat sich seitdem immer mehr von Puerto Rico entfernt. Sie weiß, dass sie ihrer Familie sehr weh tut, allen voran ihrer Mutter und Latizia, die genau spüren, dass Dilara immer mehr auf Distanz geht. Sie hat immer eine Ausrede, warum sie nicht kommen kann oder warum sie gerade keinen Besuch empfangen kann. Mit Latizia hat sie noch den meisten Kontakt, aber wenn man das mit ihrem früheren engen Verhältnis vergleicht, ist es wirklich mehr sporadisch als alles andere und Dilara weiß, dass sie daran die Schuld trägt.

Es ist so schwer zu beschreiben, was sie aus Sierra herausgetrieben hat und was sie jetzt solch einen Abstand halten lässt. Es ist zu viel passiert, ihre Familie war zu lange Zeit durcheinander, alles ein komplettes Chaos, doch als ihre Väter und Onkel zurückkamen, wurde es besser, bis die Sache mit Latizia passiert ist. Keiner von ihnen hatte wirklich Zeit zum Durchatmen, aber als sich dann alles zum Guten gewandt hat, kehrte auf einmal zu viel Ruhe ein.

Latizia hat schon halb bei Adán gewohnt, sie liebt ihre Cousine über alles und gönnt ihr dieses Glück auch, doch Dilara kam sich immer überflüssiger vor. Die Jungs haben die Geschäfte übernommen und sind ausgezogen, ihre Mutter ist plötzlich noch einmal schwanger geworden und dann hat sie Musa immer öfter gesehen und mit ihm sind Gefühle in ihr hochgekommen, die sie nicht wollte und die sie niemals zulassen wird.

Deswegen war es wie ein Rettungsanker, als plötzlich von diesem Probejahr an der Universität hier in Santiago de Chile gesprochen wurde. Alle hatten plötzlich Verpflichtungen, Ziele, doch Dilara wusste nichts mit sich anzufangen und Mode ist wenigstens etwas, was sie interessiert. Jetzt im Nachhinein überlegt sie oft, ob es ihrer Mutter und ihrem Vater wirklich so schwer gefallen ist, sie gehen zu lassen.

Dilara war immer anders, sie hat als einziges Mädchen aus ihrer riesigen Familie Probleme gemacht, sich nicht für die Schule interessiert, sich heimlich weggeschlichen, heimlich geraucht, getrunken, ist auf Partys gegangen, ohne dass jemand davon wusste. Wenn ihre Cousinen mal etwas gemacht haben, war es immer ihr Einfluss der Schuld war und selbst sie weiß, dass wenn man sich die anderen Mädchen ihrer Familie ansieht, sie immer am meisten im Abseits steht. Das schwarze Schaf der Familie trifft es nicht mal annähernd, eher das einzige Schaf in einer Horde von eleganten Pferden.

Sie liebt ihre Familie, aber sie weiß, dass sie nicht dazu gehört, nicht so wie die anderen, sie ist nicht in die Familie geboren worden wie Damian oder jetzt ihre kleine Schwester Amalia. Für alle ist sie immer ein Teil der Familie gewesen, doch diese Monate haben gezeigt, dass es doch nicht solch ein starkes Band zwischen ihnen allen gibt, wie sie es vielleicht geglaubt haben.

Vielleicht ist das auch ein Grund, warum sie plötzlich unbedingt weg wollte. Sie erinnert sich an die Erzählungen ihrer Tante Bella, vielleicht wollte sie sehen, ob es auch so ist, ob sie ihre Familie vermisst oder sie sie, doch es ist nicht eingetreten, nicht so, wie sie es vielleicht vermutet hat, im Gegenteil. Ihr fällt es nicht schwer ohne ihre Familie, ohne Sierra zu leben, und auch dort kommen alle gut ohne sie klar.

Irgendwie hat sie jetzt das Gefühl, dass es besser so ist. Klar telefoniert sie mit allen hin und wieder und ihre Mutter und Latizia wollten sie auch besuchen kommen oder sie sollte kommen, doch dass sie unbedingt zurück nach Sierra möchte, kann sie nicht behaupten, genauso wenig hat sie das Gefühl, dass sie dort unten sehr fehlt.

Die Erkenntnis, dass sie irgendwie nie richtig dazugehört hat, hat sie immer tief in sich getragen, und die Monate hier in Chile haben dieses Gefühl nur bestärkt. Vor drei Wochen ist ihre Schwester zur Welt gekommen und nicht einmal da ist Dilara nach Sierra zurückgeflogen. Sie hat erklärt, dass sie eine schwere Erkältung und mehrere Prüfungen hat und da sie in einem Monat eh zurück muss, um wenigstens an der Taufe teilzunehmen, hat sie ihre Mutter bis dahin vertröstet, auch wenn sie gehört hat, wie sehr es sie verletzt. Doch Dilara sträubt sich immer mehr gegen all das, sie hat das Gefühl, nirgendwo hinzugehören, nichts zu haben, woran sie sich festhalten kann.

Nicht einmal das Probejahr hat sie gefesselt. Ihre Noten sind miserabel, sie hat Interesse an Mode, aber nicht an dem was sie hier lernt, es ist alles umsonst, Dilara weiß nichts mit ihrem Leben anzufangen. Sie fühlt sich immer mehr, als würde sie ohne Boden unter den Füßen durch die Welt laufen.

Ihr Handy vibriert, ihre Mutter, Dilara steckt das Handy weg. Sie hat viele Anrufe heute nicht entgegengenommen und wird erst nach der Show zurückrufen. Der Mann, der sie geschminkt hat, nickt ihr zufrieden zu und Dilara lächelt in den Spiegel. Sie ist hier umgeben von Fremden und niemand hier weiß, wer sie ist, aus welcher Familie sie kommt und wie durcheinander ihr Gefühlsleben ist, oder dass sie heute Geburtstag hat und 21 wird, doch genau das ist es, was Dilara momentan allem anderen vorzieht, anonym in der Masse unterzugehen.

Dilara bekommt ein weißes Kleid, es ist enganliegend und geht bis zum Boden. Die Taille ist mit Strass besetzt und dieser Strass ist auch auf ihrer rechten Schläfe bis zum Auge angebracht, ihre hellen Augen strahlen im Kontrast zu ihrer dunklen Haut. Ihre Locken fallen ihr bis an ihre Ellenbogen. »Scheiße, du siehst gerade aus wie deine Mutter auf dem Höhepunkt ihrer Karriere, du bist so schön.«

Dilara lächelt Marie an, die feuerrote Haare und grüne Augen hat und mit ihrem schwarzen Kleid genau wie Dilara aussieht, als hätte sie nie etwas Anderes getan als zu modeln. »Ihr seid dran.« Ein Mann zieht Marie weg und schickt sie an die Bühne, dann blickt er zu Dilara. »Du bist der letzte Auftritt, du wendest und kommst danach noch einmal mit der Designerin auf die Bühne ... Was ist das?« Er sieht entsetzt zu der Plaka auf ihrem Handgelenk, TS Trez Surentos, die neue Generation der Trez Puntos und der Les Surenas. Mittlerweile tragen alle diese Plaka, die Männer zwischen Daumen und Zeigefinger, die Frauen auf dem Handgelenk. »Kann man das überschminken?«

Dilara sieht zu, wie die anderen Models die Bühne erobern, zwei knicken ab, der Saal ist voll und die Kameras auf sie gerichtet. Die Show wird in viele Länder übertragen. Jeder hier ist die Anspannung anzumerken, Dilara nicht. Sie ist weder aufgeregt, noch freut sie sich besonders, es ist ihr einfach, wie fast alles, egal. Deswegen ist sie auch sehr selbstsicher, als sie an der Reihe ist. Sie läuft nach vorn, ohne ihre Miene zu verziehen, sie hört das Raunen an den

Seiten, doch ignoriert all das. Als sie aber ganz vorne an der Bühne angekommen ist, hört sie begeisterte Pfiffe und lächelt in die Kamera, bevor sie sich umdreht und zurückläuft. Die Designerin wartet dort auf sie, zwinkert ihr zu, und unter dem tosenden Applaus der Menge laufen sie zusammen noch einmal bis zum Bühnenrand.

»Die Show war Klasse, du warst wie ein Vollprofi, ich war einfach nur froh, nicht gestolpert zu sein. Wieso hast du das Angebot von dem Kerl abgeschlagen, bei noch einer Show zu laufen?« Dilara hält vor dem Unigebäude. Sie leben beide auf dem Campus in unterschiedlichen Wohnanlagen. Unter dem Vorwand, Kopfschmerzen zu haben, verabschiedet sich Dilara schnell, es ist schon dunkel und sie will nur noch ihre Ruhe haben, ein Bad nehmen und … Ihr Handy vibriert und sie sieht die vielen Nachrichten und Anrufe in Abwesenheit, doch dieses Mal nimmt sie den Anruf an.

»Cumpleaños Feliz, te deseamos a ti, que los cumplas Dilara que los cumplas feliz.« Dilara lacht »Ich liebe dich« Latizia am anderen Ende lacht ebenfalls. »Ich dich auch, mein Supermodel, die Show war der Wahnsinn. Weißt du, wie ähnlich du deiner Mutter heute warst bei ihren Auftritten früher?« Dilara bleibt vor der Eingangstür stehen. »Oh nein, stimmt ja, du wusstest davon, wer hat die Show noch gesehen?« Latizia lacht und sie hört Adán im Hintergrund. »Wer hat sie nicht gesehen? Herzlichen Glückwunsch, Dilara.«

Dilara schließt die Augen, sie hätte ihrer Mutter nie von der Show erzählen dürfen, nur hat sie selten mal etwas Positives zu berichten und dachte, so könnte sie vielleicht mal ein wenig besser dastehen. Doch dass nun alle davon wissen, war nicht geplant. »Danke, Adán, ich hoffe, du behandelst meine Cousine gut.« Sie hat sich daran gewöhnt, dass Latizias Freund und der Anführer der Tijuas nun ständig mit ihrer Cousine zusammen ist. »Natürlich, aber das sie die Tage im Kalender abstreicht, bis du endlich wieder hier bist, kannst nur du ändern ...« Latizia lacht und meldet sich wieder zu Wort. »Was sagst du zu deinen Geschenken?« Dilara öffnet die Tür zu ihrem Wohnkomplex. Sie wohnt hier am Campus sehr luxuriös. Natürlich hätte sie auch anders leben können, doch da Rodriguez eh schon monatlich ein kleines Vermögen für das Studium bezahlen muss, hat er darauf bestanden, dass sie im Haus lebt, wo ein Pförtner für Sicherheit im Haus sorgt.

»Ich bin heute Morgen raus und komme gerade erst nach Hause.« Der Pförtner winkt sie schon zu sich. »Okay okay, dann geh schnell nach oben und sieh dir alles an, ich bin schon ganz aufgeregt.« Dilara lacht als Latizia auflegt und will sich die zwei, drei Pakete abholen, die sicher angekommen sind, doch der Pförtner deutet nach oben. »Nur dass sie sich nicht erschrecken, es sind heute so viele Sachen angekommen, dass wir die in ihr Apartment haben stellen lassen.« Dilara würde am liebsten die Augen verdrehen, nickt aber nur und geht zum Fahrstuhl. »Vielen Dank.« Bevor sich die Fahrstuhltür schließt, lächelt der alte Mann noch einmal. »Herzlichen Glückwunsch.«

Dilara stockt, als sie die Tür zu ihrem Apartment aufschließt. Es ist vollgestellt mit Rosen, ein riesiger Teddy sitzt auf dem Sofa, viele Geschenke und Pakete liegen herum und 21 rosa Luftballons schweben an der Decke. Sie muss lachen und schließt die Tür, sie hat eine verrückte Familie. Sie öffnet ein großes Paket und findet die Hermès-Tasche, die sie sich schon so lange gewünscht hat mit einer Karte von Paco und Juan. Sie haben es ihr versprochen, doch Dilara weiß, wie schwer man an diese Taschen herankommt. Sie drückt die schöne schwarze Tasche überglücklich an sich.

Im nächsten Paket ist das neue Notebook, das Dilara schon länger braucht. Sobald sie es öffnet, wird ein Video abgespielt, welches ihre Mutter, Rodriguez, Damian und viele ihrer Cousins und Onkel zeigt, die ihr alle zum Geburtstag gratulieren. Als Miguel ihre kleine Schwester Amalia in die Kamera hält, laufen Dilara Tränen die Wangen herunter, es wird vielleicht doch langsam Zeit, sich mal wieder zu Hause blicken zu lassen.

Im nächsten Paket ist ein selbstgestaltetes großes Album von Latizia. Nur ihre Cousine schafft so etwas, sie hat sich viel Mühe gegeben und Bilder von allen Leuten aus Sierra eingeklebt und tausend Erinnerungen gesammelt, selbst Muscheln und der Sand ihres Strandes haben im Album ihren Platz gefunden. Dilara will gerade das Handy in die Hand nehmen und alle anrufen, da fällt ihr neben all den vielen roten und rosa Rosen ein großer Strauß auf, der neben einem kleinen und einem großen Paket steht.

Die Blumen sind eingefärbt, es sind genau 21 und sie sehen aus wie … gefrorene Eisrosen. Dilaras Herz schlägt schneller, als sie die Karte öffnet. 'Herzlichen Glückwunsch Eiskönigin'. Sie schließt die Augen und sofort erscheinen ihr die Bilder vor dem inneren Auge, die sie immer wieder verdrängt hat.

Musa, er hat etwas in ihr berührt und bewegt, von dem Dilara nicht einmal wusste, dass es da war und genau deswegen ist sie immer mehr auf Abstand zu ihm gegangen. Nach ihrem gemeinsamen Grillen bei Adán im Haus, wo sie sich beide ignoriert haben, hat Dilara bewusst seine Nähe gemieden, und kurze Zeit später ist sie dann auch schon hergekommen. Sie hat oft an ihre Küsse und die Nähe gedacht, die sie geteilt haben, doch auch wenn ihr diese Nähe gefällt, macht es ihr doch solche Angst, dass sie klug genug ist, Abstand davon zu halten.

Musa ist nicht zu der kleinen Abschiedsfeier gekommen, die für Dilara gegeben wurde, doch auf dem Rückweg hat er sie abgefangen. Es war kurz bevor sie ins Flugzeug nach Chile gestiegen ist, als sie allein vor dem Grundstück ihres Zuhauses miteinander geredet haben. Musa hatte schon etwas getrunken und er war sauer. Er hat ihr vorgeworfen, dass sie flüchtet, vor ihm, vor den Gefühlen, die sich zwischen ihnen aufbauen könnten. Dilara hätte es abstreiten können oder sich rechtfertigen können, doch sie hat ihm nur in seine schöne Augen gesehen und ein letztes Mal seinen mächtigen Anblick auf sich wirken lassen.

Als Musa gemerkt hat, dass Dilara wieder zumacht, konnte sie die Enttäuschung in seinen Augen erkennen. Trotzdem hat er seine Hand an ihre Wange gelegt und sie zärtlich gestreichelt. »Du bist wie die Eiskönigin, nur bei unseren Küssen ist deine kalte Schale für einige Augenblicke geschmolzen und was ich darunter gesehen habe … raubt mir den Verstand.« Er hat ihr einen letzten Kuss auf den Mund gegeben. Wenn Dilara an diesen Augenblick denkt, fasst sie sich noch immer an ihre Lippen. »Pass auf dich auf, Eiskönigin!«

Das war das letzte Mal, dass sie miteinander geredet haben, es ist acht Monate her. Dilara hat von Latizia gehört, dass er immer mal wieder Frauen hatte und dass er sich vor allem in letzter Zeit immer öfter mit der gleichen trifft, doch Dilara lässt all das nicht zu sehr an sich herankommen.

Als sie dann aber das kleine Paket öffnet, muss sie lächeln, als sie eine kleine Schneeflocke entdeckt, die mit glänzenden blauen und weißen Steinen besetzt ist und von einem zarten Armband gehalten wird. Sie bindet sich das Armband um und öffnet den großen Karton, in der eine gekühlte Eistorte liegt. Sobald sie den Karton öffnet, wird das Lied aus dem Kinofilm 'Die Eiskönigin' abgespielt.

Dilara lacht leise, als sie den Text hört. Sie nimmt sich eine Gabel und geht auf ihren Balkon, setzt sich im Schneidersitz hin und probiert von der leckeren Torte. Sie nimmt ihr Handy, doch bevor sie alle zurückruft, schreibt sie eine Nachricht an den Mann, den sie so oft es geht aus ihren Gedanken vertreibt.

'Wenn ich die Schneekönigin bin, wer bist du dann? Olaf?'

Es dauert keine Minute und ein Smiley kommt zurück.

'Vielen Dank für die Geschenke'

Dieses Mal dauert es etwas, doch Dilara ruft solange niemanden an, sondern starrt auf ihr Handy, bis eine Antwort kommt.

'Gerne, eine schöne Show heute übrigens.
Wir sehen uns bald Eiskönigin.'

Dilara lacht, legt das Handy weg und sieht in den Sternenhimmel über sich, bevor sie sich daran macht, ihre Familie anzurufen und für wenige Augenblicke nach Sierra zurückzukehren.

Kapitel 2

»Ich habe mich da bisher komplett herausgehalten, Dilara, aber ich meine das ernst. Wenn du dieses Mal nicht kommst, kriegst du wirklich Ärger mit mir! Wenn du es nicht zu der Taufe deiner Schwester schaffst, komme ich dich persönlich holen, das garantiere ich dir. Ich will deine Mutter nicht mehr so traurig sehen.«

Miguel mag es nicht, Dilara drohen zu müssen, aber er ist immer noch einer der wenigen, die wenigstens etwas Einfluss auf sie haben, zumindest hofft er es. Auch er hat sie bereits Monate nicht gesehen und nur selten mit ihr telefoniert. Entweder hatte er zu tun oder sie, außerdem hat Melissa ihnen gesagt, sie alle sollen Dilara ein wenig Freiraum geben. Sie war froh, dass Dilara etwas gefunden hat, was ihr Freude macht und wollte sie nicht davon abhalten, ihren Weg zu gehen.

Als Miguel sie vorgestern aber im Fernsehen gesehen hat, musste er wirklich schlucken. Sein kleiner Lockenkopf ist eine wunderschöne Frau geworden. Musa und einige andere der Tijuas waren gerade bei ihnen im Haus, um einige neue Waren durchzugehen und zu testen, ob sie auch wirklich von guter Qualität sind, als Damian den Fernseher eingeschaltet hat und jeden der Tijuas, die bei Dilaras Anblick gepfiffen haben, mit seinen Blicken getötet hat. In dem Moment war Miguel froh, nur einen nervigen kleinen Bruder zu haben, doch wenn er ehrlich ist, sieht er von all seinen Cousinen vor allem Latizia und Dilara wie seine Schwestern, ob sie es genetisch nun sind oder nicht.

Deswegen musste er sich jetzt einmischen, er hat lange genug mit angesehen, wie sie sich immer mehr von allen entfernt. Dilara verspricht ihm zu kommen, allerdings ist er sich nicht sicher, ob sie es ernst meint. Er verlässt die Bank in Sevilla, wo er und Kasim gerade einige Einnahmen eingezahlt haben. »Denk daran, ich hole dich sonst. Pass auf dich auf Curly, hab dich lieb.« Er legt auf, als er jemanden erblickt, an den er mehr als einmal die letzten Monate denken musste. Er muss zweimal hinsehen, um seine Therapeutin zu erkennen. Wenn er bei ihr im Büro war, hat sie immer einen Rock bis zu den Knien, eine weiße Hose und ein Jackett getragen, dazu eine feine schwarze Brille. Der Rock und das Jackett haben immer von schwarz zu grau gewechselt, einmal war das Outfit sogar rot, sonst sah sie immer gleich aus.

Nicht dass Miguel sich beschwert hätte, er fand sie von Anfang an heiß. Neben seiner Mutter, die er beruhigen wollte, war das der Grund, warum er genau fünfmal bei ihr zu Besuch war und nicht sofort wieder abgehauen ist. Jetzt sieht er auf die schlanke Frau mit dem langen Strandrock und weißem Top, die ihre Haare offen trägt und einfache Flip-Flops anhat und ist sich nicht ganz sicher, ob das wirklich seine Therapeutin ist. Sie steht an einem Obststand und sieht sich einige Melonen an. »Shanice?«

Als sie sich verwundert zu ihm umwendet, erkennt er sie jedoch sofort. Nie würde er diese hellbraunen Mandelaugen vergessen und den kleinen Leberfleck an ihrer rechten Augenbraue. Sie lächelt, das hat Miguel schon immer sehr gerne gemocht. »Mister Surena. Was für eine Überraschung.« Miguel hat während der vielen Sitzungen versucht, ihre harte Schale zu knacken und wenigstens mit ihr beim Du zu landen, doch Shanice ist zu professionell.

»Heute ohne Brille?« Er muss auch lächeln und spürt wie Kasim zu ihm tritt. »Ja, die trage ich nur, wenn ich mir Notizen machen muss. Wie geht es Ihnen? Ich dachte, Sie wären noch in Schweden, Sie hatten doch gesagt, dass Sie danach wieder einen neuen Termin vereinbaren wollten. Ich hatte wirklich das Gefühl, dass unsere Sitzungen ein wenig vorangeschritten waren.« Miguel lacht leise, aber zuckt die Schultern. Sie waren gerade mal so weit gekommen, dass er ihr von ihrer Gefangenschaft in Kolumbien erzählt hat, mehr nicht. Alles was danach kam, auf der Drogenfarm und der Tod seines Vaters, war noch nicht mal erwähnt worden, doch soll sie an ihre Fortschritte glauben.

»Ich hatte sehr viel zu tun, ich leite jetzt die Geschäfte meiner Familia und es ist einfach viel los ...« Kasim neben ihm kratzt sich am Kopf und Shanice sieht ihn wieder mit diesem Blick an. Miguel kam sich in den Momenten in ihrer Praxis jedes Mal nackt vor, wenn sie ihn so gemustert hat.

Sie wendet sich ab, als der Verkäufer zu ihnen tritt und ihr eine Mango und einige Äpfel gibt. »Erdbeeren bitte noch, wenn sie frische dahaben.« Miguel erhascht einen Blick auf ihren Po, der allerdings in den Büroröcken besser zur Geltung kam. »Das ist schade. Sollten sie als Chef nicht in der Lage sein, sich hin und wieder Zeit zu nehmen für die Gesundheit? Sie wissen ja, eine gesunde Seele ist ...« Miguel kann seinen Blick nicht von ihr wenden. »... wichtiger als ein trainierter Körper. Ich weiß, ich werde mal wieder einen Termin vereinbaren.« Er wird sie noch knacken, da ist er sich ganz sicher.

Sie lächelt. »Vorhin ist ein Termin am Montag freigeworden, wie hört sich das an? Um elf Uhr in der Praxis?« Wenn er sich dazu wieder auf ihre Couch setzen muss, bitteschön. »Passt!« Sie lächelt und er ebenfalls. »Na dann, bis Montag.« Sie geht in den Laden und nicht nur Miguel starrt ihr hinterher. »War das deine Therapeutin?«

Miguel zieht Kasim mit zu ihrem Wagen. »Jup!« Kasim bleibt mitten auf der Straße sehen. »Wusstest du, dass ich seit einiger Zeit so merkwürdige Träume habe? Von wildem Sex auf Therapeutenschreibtischen, vielleicht sollte ich auch mal einen Termin ...« Miguel lacht und öffnet die Wagentür. »Vergiss es, such dir eine eigene. Die gehört mir!«

Dilara legt genervt ihr Handy in die Tasche, sie hat verdrängt, wie herrisch ihre Cousins sein können. »Wie kannst du nur so ruhig bleiben, Dilara? Ich habe in fast jedem Kurs bessere Noten als du und zittere trotzdem darum, ob ich das Probejahr bestanden habe, und du? Wie kannst du dir so sicher sein, dass du hier bleiben darfst?« Dilara trinkt von ihrem Latte und zuckt die Schultern. »Ich ahne es einfach.« Marie schüttelt den Kopf. »Die Luis hat heute zu deinen Skizzen gesagt, dass es eine Verschwendung ihrer Zeit ist.

Und du denkst wirklich noch, dass sie dich weiter unterrichten möchte?« Dilara hat zwei Kleider drei Minuten vor dem Unterricht hingekritzelt, für ein Projekt, an dem andere Monate gearbeitet haben, sie hat vollkommen recht.

»Marie, mach dir um mich keine Sorgen, sorg dafür, dass du dabei bleibst. Ich habe nicht vor, mich nächstes Jahr in Sierra zu langweilen, es geht für einige Monate nach Paris und Rom zum Studieren, da machen wir unbedingt mit!« Marie nickt, doch wirklich hoffnungsvoll sieht sie nicht aus, sie weiß ja auch nicht, was für Geheimwaffen Dilara noch hat.

Sie trennt sich erst von Marie, als es langsam zu dämmern beginnt und die meisten Professoren die Uni schon verlassen haben. Aber statt zu sich in das Appartement zu gehen, schlendert Dilara langsam zu dem Universitätsgebäude. Es werden noch einige Abendkurse gehalten oder irgendwelche Vereine sind tätig, doch Dilara schlägt den Weg nach oben ein. Sie kennt diesen Weg und weiß, dass um diese Zeit kaum noch Lehrpersonal anwesend ist, auch die Sekretärinnen haben schon Feierabend, aber es gibt einen Menschen, der fast jeden Abend diese Hallen als Letzter verlässt.

»Präsident Ramirez?« Ohne anzuklopfen schiebt Dilara die schweren Türen zum Büro des Universitätsleiters auf. Der zwar schon etwas ältere aber immer noch sehr attraktive Mann sieht von seinem Schreibtisch auf und lächelt. »Dilara Surena, was für eine schöne Überraschung. Was kann ich für Sie tun?« Dilara lächelt ebenfalls und schließt die Tür wieder, bevor sie in das große Büro eintritt und sich langsam auf den Präsidenten zubewegt.

»Langsam stehen die Abschlussnoten fest und ich beginne mich zu sorgen.« Der Präsident lehnt sich in seinem Stuhl zurück und betrachtet jeden ihrer Schritte. Dilara schlendert hinüber zu der kleinen Anrichte, auf der teure Alkoholika stehen, mehrere Flaschen, doch Dilara gießt sich den Rum in ein Glas, von dem sie weiß, dass eine Flasche fast tausend Dollar kostet. »Tztztz, das ist aber nicht das Verhalten einer guten Studentin. Vielleicht sollte

24

man da mal über eine Bestrafung nachdenken?« Dilara lacht und nun ist sie es, die ihn beobachtet, als er aufsteht und hinter seinem Schreibtisch hervorkommt.

Dilara setzt sich auf den Schreibtisch des Präsidenten, wieder schnalzt er empört die Zunge, doch Dilara lächelt nur matt. »An was für eine Bestrafung haben sie gedacht … Präsident?« Er ist schnell bei ihr, so schnell, dass der Rum aus dem Glas in Dilaras Ausschnitt landet. »Ich werde mir eine Bestrafung überlegen und was für eine.« Gierig küsst er ihren Ausschnitt entlang und befreit ihre Brüste. Dilara seufzt auf, als seine Hände an ihren Po wandern. Sie lehnt sich zurück und achtet nicht auf all die Sachen, die dabei vom Schreibtisch fallen.

»Ich habe eine ganze Weile auf deinen Besuch gewartet.« Seine Stimme ist rau und gierig, als er Dilaras Brüste liebkost und gleichzeitig versucht, ihr unter dem Rock den Slip auszuziehen. Dilara stoppt kurz und sieht ihm in die Augen. »Wenn du deine Freundin nicht davon überzeugen kannst, dass ich auch nächstes Jahr weiter hier zur Uni gehen soll, wirst du ewig auf weiteren Besuch warten müssen.«

»Ich habe dir doch gesagt, dass du dir keine Sorgen machen sollst, ich kümmere mich darum.« Dilara packt nun zu und Ramirez stöhnt laut auf. »Das hoffe ich, du bist hier der Chef, vergiss das nicht!«

Er schließt die Augen und zischt leise auf. »Das vergesse ich nicht und jetzt lass mich dir zeigen, was …«

Es ist nur eine Sekunde. Die Tür zum Büro geht auf und die Freundin des Präsidenten und die Professorin, die Dilara am wenigsten leiden kann, tritt ein und sieht erschrocken zu ihnen. In dieser Sekunde weiß Dilara, dass ihre Tage hier in Chile gezählt sind.

»Hier bist du, ich habe dich überall gesucht.« Melissa sieht auf und direkt in Rodriguez' dunkle Augen. »Ich konnte mich nicht von ihr losreißen.« Ihr Ehemann kommt an das rosa Babybett und lächelt liebevoll zu ihrer kleinen Tochter. »Ich weiß, was du meinst.« Melissa bezweifelt, ob er wirklich versteht, was in ihr vorgeht. »Sie erinnert mich sehr an Dilara, wenn ich sie ansehe.«

Ihr Mann streicht mit dem Finger über Amalias weiche Wangen. »Dilara ist auch bald wieder hier.« Melissa schüttelt den Kopf. Sie weint in letzter Zeit viel, was sicherlich damit zu tun hat, dass sie erst vor Kurzem Amalia zur Welt gebracht hat und sich seitdem immer mehr Gedanken um ihre ältere Tochter macht. Auch jetzt treten ihr die Tränen in die Augen. »Sie kommt nur kurz zu Besuch. Du weißt selber, dass sie so schnell wie es geht wieder von hier verschwinden wollen wird.« Rodriguez sieht auf und nimmt Melissa in die Arme.

»Hey, du weißt, dass es Dilara gut geht und du wolltest ihr doch diese Freiheiten geben, damit sie wächst und ihren eigenen Weg findet.« Melissa nickt, doch ihre Tränen stoppen nicht. »Ich hatte gehofft, dass sie in dieser Zeit merkt, wie wichtig ihr unsere Familie ist. Ich wollte sie gehen lassen, um ihr wieder ein Stück näher zu kommen, doch ich habe das Gefühl, ich habe sie endgültig verloren.«

Rodriguez küsst ihre Locken und lächelt. »Das hast du nicht, sie liebt dich und sie weiß, dass ...« Melissa rückt ein wenig weg, um ihn ganz ansehen zu können. »Guck doch, Latizia, Abelia, sie alle, sind so anders ... Keine von ihnen würde aus Sierra weg wollen. Ich habe bei Dilara das Gefühl, sie will nicht wiederkommen und ich verstehe nicht wieso. Was habe ich falsch gemacht?« Rodriguez streicht über ihren Rücken. »Gar nichts, Melissa, du bist eine wunderbare Mutter und du hast recht. Dilara ist anders als die anderen Mädchen, aber das ist doch nicht schlecht, wir alle lieben sie und es können auch nicht alle gleich sein.«

Melissa sieht wieder zu Amalia. »Als Dilara so klein war, hatte ich viel mit mir und meiner Vergangenheit zu kämpfen, ich stand in der Öffentlichkeit. Ich war viel zu oft von ihr getrennt, dann alles, was wegen meinem Bruder passiert ist, dass sie mehrere Tage in der Hand dieser Schweine war, ich will diese Fehler nicht auch bei Amalia machen. Vielleicht sollte ich diese beiden Konzerte absagen.«

Rodriguez hebt ihr Kinn an, sodass sie ihn ansehen kann. »Diese Auftritte bedeuten dir viel, du solltest es tun. Du hast auf deine Liebe zur Musik für deine Kinder, für mich und unser Leben verzichtet und ich weiß, dass es dir nicht immer leicht gefallen ist. Ich habe dich oft genug unter der Dusche singen gehört, oder wie du Dilara und Damian vorgesungen hast. Es ist dir wichtig und du solltest es tun. Wenn es dir schwerfällt Amalia hierzulassen, kommen wir mit.«

Melissa lächelt und in diesem Moment wacht Amalia auf und schreit mit ihrer ganzen Kraft, bis ihr Vater sie aus dem Bettchen hebt und ihre Wangen liebkost. »Du hast recht, wenn sie so willensstark wie jetzt ist, erinnert sie mich auch an Dilara.« Melissa lächelt und beobachtet den Mann, den sie über alles liebt und der ihr ganzes Leben geändert hat. Er spürt ihren Blick und sieht sie noch einmal an. »Ich liebe dich!«

Miguel klappert ungeduldig mit dem Autoschlüssel in seiner Hand, als er nach oben in das Büro von Shanice fährt. Ob es so eine gute Idee war, noch so einem Termin zuzustimmen? Was soll Miguel da erzählen? Vielleicht sollte er direkt fragen, ob sie zusammen etwas essen gehen und es ihnen beiden leichter machen. Als sich die Fahrstuhltüren wieder öffnen, kommt gerade ein älterer Mann aus dem Büro von Shanice.

Der Mann sieht zufrieden aus, befreit, doch als Miguel eintritt und noch kurz im Wartebereich Platz nimmt, sieht er sofort, dass Shanice etwas durcheinander ist. Sie räuspert sich und ringt einen Moment um Fassung. »Mister Surena, schön, kommen sie schon in mein Büro, ich brauche nur noch zwei Minuten.«

Miguel geht in ihr Büro. Er hat bereits mitbekommen, dass nicht an allen Tagen eine Frau am Empfang sitzt. Ihm ist es nur recht, umso mehr Privatsphäre haben sie. Er lehnt sich zurück und wartet, bis Shanice aus dem Bad kommt. Als sie dann endlich erscheint, wirkt sie noch immer etwas durcheinander. »Alles in Ordnung?«

Shanice lächelt, holt sich wie immer Block und Stift und setzt sich der Couch gegenüber auf einen Sessel. »Ja natürlich, aber wie geht es Ihnen heute?« Sie zückt ihren Block, setzt sich die dünne Brille auf die Nase und überschlägt ihre schönen Beine. Miguel lächelt matt, da ist die Therapeutin wieder. Sie reizt ihn schon so, doch seitdem er sie so gelöst privat gesehen hat, ist sie noch interessanter für ihn geworden. Sie scheint sich wieder sortiert zu haben.

»Mir geht es sehr gut.« Er lehnt sich zufrieden zurück und sie blickt ihn aus ihren schönen Mandelaugen an. »Wie lebt es sich jetzt? Haben Sie das Gefühl, dass die Gefangenschaft in dem Gefängnis, in dem Sie und ein Großteil ihrer Familie gefangen gehalten wurden, noch Auswirkungen auf Ihr jetziges Leben hat?« Jetzt fängt sie wieder damit an. »Wie soll sich das denn leben? Wir haben Rache genommen und diese Zeit hinter uns gebracht, was soll damit noch sein?«

Shanice lehnt sich zurück und klopft verwundert mit dem Stift auf den Block. »Sie waren wie lange da eingesperrt?« Miguel reibt sich über die Augen. »Etwas über 18 Monate.« Sie öffnet die Arme. »Und das hat keinen Einfluss mehr auf ihr jetziges Leben? Sie verschwenden keine Gedanken mehr daran?« Miguel bereut jetzt schon, hergekommen zu sein. »Um ehrlich zu sein, war diese Zeit im Gefängnis noch relativ angenehm im Gegensatz zu dem, was danach kam. Es passiert mir selten, wirklich immer seltener, dass ich morgens aufwache und einen Moment brauche um zu merken, wo ich bin und um zu begreifen, dass ich wieder in Sierra bin und nicht im Gefängnis.«

Shanice nickt zufrieden. Miguel weiß, dass er ihr wenigstens ab und zu etwas zuwerfen muss, damit sie damit arbeiten kann. »Das bedeutet, Sie träumen noch von der Zeit. Wissen Sie, man sagt, dass, auch wenn man gewisse Gefühle und Gedanken tagsüber verdrängen kann, sie einen nachts dafür oft einholen. Können Sie sich ein wenig an die Träume erinnern oder wie oft sie vorkommen?«

Hätte er ihr lieber etwas anderes erzählt. »Nein, aber wissen Sie was, es gibt auch noch andere Träume. Ich träume immer öfter, dass ich eine gewisse Frau bei mir habe, sie lässt mich endlich hinter ihre hohen Mauern blicken und bereut es keine Minute.« Miguel lehnt sich zurück und grinst Shanice an, die ihn ganz ruhig ansieht.

»Träume können auch Wünsche sein, die das Herz hat, es muss nicht immer nur etwas sein, was man erlebt hat.« Miguel lächelt immer noch. »Und denken Sie, dass sich diese Wünsche erfüllen können ...?« Die Therapeutin räuspert sich leicht und sieht auf ihren Block.

»Das weiß ich nicht, nun zu etwas anderem. Sie haben mir in den letzten Sitzungen ein wenig von Ihrer Gefangenschaft erzählt, von der Zeit, Ihren Tagesabläufen und wie Sie dann da rausgekommen sind mit zwei anderen Männern und auf eine Drogenfarm gebracht wurden. Damals sind wir da nicht weitergekommen, doch ich hatte das Gefühl, dass die Zeit dort viel schrecklicher war, als in der Gefangenschaft, auch wenn Sie dort nur einige Wochen waren.«

Miguel seufzt leise auf, jetzt erinnert er sich wieder, wieso er nicht mehr hergekommen ist. »Es waren knapp zwei Wochen, habe ich später erfahren, ich weiß es nicht mehr genau, weil ich irgendwann das Zeitgefühl verloren habe.« Shanice nickt. »Sie wollten nicht über diese Zeit sprechen ...« Miguel unterbricht sie. »Das ist auch jetzt noch immer so.« Sie deutet auf eine Akte, die auf dem Tisch liegt. »Sie haben mir aber auch erzählt, dass sie von der Befreiung nicht viel mitbekommen haben und dass Sie erst in einem Krankenhaus in Kolumbien wieder richtig wach geworden sind ... ich durfte mir die Akten aus dem Krankenhaus anfordern, erinnern Sie sich?«

Miguel wollte von all dem nichts wissen und hat allem zugestimmt, nur um Ruhe zu haben. »Sie sind dann nicht mehr gekommen, doch die Verletzungen, die sie davongetragen haben, sind schwerwiegend, sie werden nicht einfach von alleine weggehen.«

Miguel zeigt an sich herunter, er weiß, dass er wieder der alte ist. Er hat sich seine Muskeln wieder antrainiert, hat seine Kraft zurück. Im Gesicht hat er zwei Narben, die nicht mehr weggehen werden, auch am Körper einige, aber das ist nicht weiter schlimm. Auf dem einen Ohr hört er nicht mehr so gut, aber auch damit kann er leben. Er ist wieder der alte.

»Alle Wunden sind verheilt, mir geht es wie gesagt wieder gut.« Etwas ändert sich in Shanice' Blick und Miguel wird zu warm in seiner Haut. »Es gibt Wunden, die können nicht so einfach heilen und die sieht man nicht, doch sie sind da und sie sind vielleicht viel gefährlicher als andere Wunden.« Miguel steht auf. »Wie gesagt, über diese Zeit rede ich nicht, es war mal wieder nett hier.« Miguel wendet sich ab um zu gehen, was für eine beschissene Idee herzukommen. »Mister Surena.« Miguel reagiert nicht, er hasst es, an diese Zeit erinnert zu werden. Er ist schon halb aus dem Raum, da ändert sich Shanice' Stimme. »Miguel!«

Er stockt. »Ich weiß, dass es für jemanden wie Sie ... wie dich nicht leicht ist, über seine Gefühle zu reden oder jemandem von Sachen zu erzählen, die er lieber für immer vergessen würde, aber es ist wichtig, dass du es tust. Ich weiß, was alles passieren kann, wenn man nie über gewisse Dinge redet. Und ich bezweifle, dass du mit jemandem aus deiner Familie oder von deinen Freunden darüber reden kannst. Ich bin da, ich habe eine Schweigepflicht und du wirst sehen, dass allein nur darüber zu reden, schon vieles ändern wird. Vielleicht denkst du, dass es eine Schwäche wäre, doch das stimmt nicht. Wenn du dich dem stellst, ist das eine unglaubliche Stärke, die so viele nicht schaffen aufzubringen.«

Miguel steht noch immer an der Tür, mit einem Bein schon aus dem Büro heraus. »Du musst mir einfach vertrauen, dass es gut für dich sein wird, wenigstens einmal jemandem zu erzählen, was alles auf der Drogenfarm passiert ist.« Wie konnte er nur so dumm sein und sich überreden lassen, zu einer Psychologin zu gehen, doch jetzt wo sie gesagt hat, es wäre schwach von ihm, vor dieser Zeit wegzulaufen, hat sie ihn und das weiß sie auch ganz genau.

»Ich bin einfach nicht der Typ, der hier auf der Couch liegt und sich therapieren lässt. Wenn du wissen willst, was passiert ist, dann nicht so.« Er blickt sich um und sieht zu Shanice. In diesem Moment durchfährt ihn ein merkwürdiges Gefühl, als er sie ansieht, wie sie die Brille abgelegt hat und ihn bittend ansieht.

»Okay, wie du dich wohlfühlst.« Er flucht leise auf, er spürt, dass ihm diese Sache zu heiß wird, trotzdem kann er nicht anders.

»Wann wäre der nächste freie Termin?« Shanice blickt auf einen Kalender. »Ich habe Freitag den halben Vormittag frei.« Miguel nickt. »Ich hole dich um elf Uhr hier ab.« Damit verlässt er das Büro. Wenn sie mehr erfahren möchte, dann nach seinen Regeln.

Kapitel 3

Als sich unter Dilara Puerto Rico auftut, überkommt sie ein ungutes Gefühl. Sie war fast acht Monate nicht hier, sollte sie sich nicht wenigstens etwas freuen? Vielleicht liegt es aber auch daran, dass sie nicht weiß, wie sie ihren Eltern erklären soll, dass sie vor einer Woche von der Uni geworfen wurde. Sie fliegt in drei Wochen nur noch einmal zurück, um ihre Sachen aus dem Appartement zu holen. Der Präsident hat sie hinausgeworfen wegen schlechter Noten und unsittlichen Verhaltens.

Erst war seine Freundin sauer, doch offenbar hat er sie doch noch überzeugt. Nun heißt die offizielle Version, Dilara hätte versucht, den Präsidenten des Colleges zu verführen, um ihre Noten zu retten, er hat sie aber abgewiesen. Und all das kann natürlich seine Freundin bezeugen. Dilara hat nicht einmal etwas dagegen gesagt. Sie wusste in dem Moment, dass sie eine Menge Ärger erwartet, mal wieder. Ihre Eltern haben nun vollkommen umsonst ein Vermögen für sie ausgegeben und erneut hat Dilara es nicht hinbekommen.

Sie landen und Dilara bleibt am längsten auf ihrem Sitz. Sie muss daran denken, als sie alle zusammen aus New York zurückgekommen sind. Damals konnte sie es nicht erwarten, zurück nach Puerto Rico zu kommen, sie hat alles in sich aufgesaugt, die Luft, die Gerüche, alles, doch jetzt schlendert sie als Letzte von Bord. Keiner weiß, dass sie kommt. Sie ist noch eine Woche in Chile geblieben, sie hat noch insgesamt fünf Wochen, um das Appartement zu räumen. Da aber jetzt schon immer wieder Leute gekommen sind, um es sich anzusehen und ihren Platz einzunehmen, ist sie jetzt schon zurückgeflogen und wird nur noch einmal zurückkehren und ihre Sachen packen.

Eigentlich sollte sie in zwei Wochen zur Taufe kommen, danach würde ihr Studium noch ungefähr zwei Monate dauern, bis das Probejahr vorbei ist und sie einige weitere Jahre dort verbringen sollte ... eigentlich. Alle denken natürlich, sie bliebe auch nach dem Probejahr weiter unten, sie glauben ja, Dilara wäre eine der besten Studentinnen, sie mag das Studium und hätte endlich etwas gefunden, was ihr Spaß macht, doch all das stimmt natürlich nicht. Sie hat wieder einmal auf ganzer Linie versagt.

Ihre Mutter ist noch für einige Tage weg, ihr Vater und Amalia begleiten sie. Heute Abend hat sie ihr Konzert in Mexiko und dann kommen sie übermorgen wieder. Dilara hatte erst überlegt, zu ihnen zu fliegen, doch dafür hat das Geld nicht gereicht. Sie ist absolut pleite und wenn sie nach einer erneuten Aufstockung ihres Geldes gefragt hätte, wäre auch eine Erklärung nötig gewesen, wofür sie das Geld braucht. Dilara will diesen Fragen so lange es geht entweichen.

Sie nimmt sich ein Taxi und lässt sich nach Hause fahren, während sie überlegt, wie genau sie jetzt von Angesicht zu Angesicht erklären will, dass sie so lange weg war und sich kaum gemeldet hat. Der Taxifahrer setzt sie kurz vor der Straße ab, wo die Kontrollen in ihrem Gebiet anfangen. Sie begrüßt die Männer, die an den Straßen die Gegend bewachen. Schon da spürt sie, dass ihr das alles hier doch gefehlt hat. Sie bittet die Männer aber, nichts zu sagen und läuft allein auf das große Grundstück der Surena-Anführer.

Der Parkplatz ist wie immer vollgestellt mit Autos. Sie blickt auf die vier Häuser, das, was sich jetzt die Jungs teilen, das von ihrer Familie, das von Paco und das von Jennifer und Ramon, welches sehr verlassen wirkt. In dem Moment geht die Tür zu dem Haus der Jungs auf. Miguel und Leandro kommen heraus und wollen zu einem der Autos.

Es fiel Dilara leicht in Chile zu sein und all das hier nicht sonderlich zu vermissen, doch als sie jetzt auf die beiden blickt, spürt sie, wie ihr Tränen in die Augen steigen. Sie hat sie vermisst, es vermisst, sie immer um sich herum zu haben. Sie sieht fasziniert, dass Miguel genauso aussieht wie damals, als er nach Kolumbien gefahren ist. Er ist genauso breit wie Leandro. Sie lachen gerade, und

34

erst als Dilara ihre zwei Reisetaschen fallen lässt und ihre Tränen wegwischt, bemerken sie sie.

Es dauert nur ein paar Sekunden und sie liegt in Miguels Armen, der sie lachend hochhebt und an sich drückt. »Meine Curly ist wieder da!« Sie spürt seine Lippen an ihren Haaren und sie greift gleichzeitig auch nach Leandro und drückt beide an sich. Leandro küsst ihre Wange und streicht ihre Tränen weg. »Wieso hast du nicht gesagt, dass du kommst, wir hätten dich abgeholt. Verdammt Dilara, du wirst immer hübscher, am besten wir bauen dir hier einen Turm und sperren dich darin ein, damit du nicht wieder abhaust.«

Dilara lacht und durch all den Tumult liegt sie gleich danach bei Sanchez im Arm und wird von Sami fast erdrückt. Erst als er sie loslässt, steht sie plötzlich vor Damian. Ihr Bruder ist in den acht Monaten zu einem Mann geworden, wahrscheinlich war er es vorher schon, doch jetzt sieht sie es das erste Mal wirklich. Leandro, Miguel und Damian sehen sich alle drei sehr ähnlich, auch wenn Leandro grüne Augen hat, sehen sie alle drei aus wie ihre Väter.

Dilara hat das Gefühl, Rodriguez würde in jung vor ihr stehen. Sie umarmt ihn und schließt die Augen, als sein vertrauter Geruch sie umhüllt. Sie liebt ihren jüngeren Brüder, er überragt sie mittlerweile um mehr als einen Kopf und sie spürt, dass er sauer ist, wahrscheinlich, weil Dilara sich die letzten acht Monate kaum gemeldet hat. Trotzdem schiebt er ihre Locken zur Seite und sieht ihr ins Gesicht.

»Weiß überhaupt jemand, dass du hier bist?« Dilara schüttelt den Kopf. »Überraschung!« Ein Auto kommt in die Einfahrt gefahren und die Haustür zu Pacos Haus geht auf. Lando kommt herausgerannt und an ihm erkennt Dilara wirklich, wie lange sie weg war. Er ist so groß geworden. Er will zu dem Auto, doch er stockt, als er sie alle sieht und kommt zu ihnen gerannt. »Mein Schaaatz.« Dilara wirbelt den kleinen Mann durch die Luft, bis sie das Lachen ihres Onkels hört, er muss gerade mit dem Auto angekommen sein.

»Sieh an, ist meine Prinzessin wieder da? Wieso hat mir keiner Bescheid gesagt?« Paco drückt Dilara an sich und küsst ihre Wangen, nun sind fast alle Cousins da und sie begrüßt auch noch den Rest, bevor sie mit Paco in ihr Haus geht. Die Jungs müssen zu einem Geschäftstermin, doch Dilara soll später noch einmal zu ihnen kommen.

Dilara begrüßt ihre Tante Bella und Sara, die gerade bei ihr ist. Sie betrachten sie gründlich, sie kann sich gar nicht vor Küssen retten und doch ermahnen sie sie immer wieder, sich nie wieder so selten blicken zu lassen. Es dauert, bis etwas Ruhe eingekehrt ist und Dilara noch etwas vom Mittagessen zu sich nimmt, während sie erfährt, dass Latizia bei Adán ist. Bella fragt, ob sie sie anrufen soll, Latizia wird ausflippen vor Freude, doch Dilara bittet sie, nichts zu sagen, sie will sie gleich selbst überraschen.

Sie beschließen auch, ihrer Mutter erst von Dilaras Ankunft zu erzählen, nachdem ihr Auftritt heute war. Spontan beschließen Bella und Sara, heute Abend zu grillen, eine Leinwand aufzustellen und Dilaras Rückkehr zu feiern und sich gleichzeitig zusammen den Auftritt von Melissa anzusehen. Sie machen sich gleich an die Vorbereitungen, nur Latizia lassen sie noch im Ungewissen. Dilara flüchtet schnell in ihr Haus, um sich frisch zu machen und dann zu ihrer Lieblingscousine zu fahren, die sie am allermeisten vermisst hat.

Doch zuerst betrachtet sie ihr Zuhause. In ihrem Zimmer hat sich nichts geändert, sie stellt ihre Taschen ab und legt sich in ihr weiches Bett. Sie liebt diesen Geruch, es ist einfach ihr Zuhause. Es ist unwirklich still, Dilara steht auf und geht in das Schlafzimmer ihrer Eltern. Sie befühlt den Stoff des zarten Babybettes ihrer Schwester und riecht am Kopfkissen, sie freut sich, Amalia endlich kennenzulernen.

Erst danach duscht sie sich schnell ab, zieht sich eine Jeansshorts, ein weißes Top und weiße Sneakers an und schminkt sich ein wenig. In Chile hat Dilara gelernt, dass weniger oft mehr ist. Sie hat sich angewöhnt, immer nur eine Sache in ihrem Gesicht stark zu betonen, was meistens ihre hellen Augen sind. Wenigstens eine Sache, die sie beim Studium gelernt hat. Sie lässt ihre wilden Locken offen.

Unten bemerkt sie, dass sie einige neue Möbel im Eingangsbereich haben und weiß nicht, wo die vielen Autoschlüssel liegen. Zwei Autos auf dem Parkplatz gehören ihr, doch sie hat keine Lust alles abzusuchen und geht schnell zu dem Haus, in dem jetzt alle Cousins von ihr wohnen. Nur Kasim trifft sie da noch an, der offenbar nicht mit zum Termin gefahren ist.

Sie sieht eine riesige Schüssel mit Unmengen von Autoschlüsseln darin. Kasim beißt in einen Apfel und beobachtet, wie Dilara unschlüssig ihre Hand über der Schüssel schweben lässt. »Es sind viele neue Autos dazugekommen. Wir alle lieben dich, aber jeder Kratzer bedeutet einen Kopf kürzer.« Dilara schnappt sich den Schlüssel zu dem neuen roten Ferrari, der ihr gleich ins Auge gefallen ist. »Dein Bruder tötet dich, wenn sein Auto einen Kratzer hat.« Dilara wendet sich zu Kasim um, küsst seine Wange und nimmt ihm den Apfel aus der Hand. »Sag ihm, Dilara ist wieder da.« Sie zwinkert und geht zufrieden den Apfel essend zum Ferrari, und als sie kurz danach schnell mit dem Auto durch Sierra rast, lächelt sie. Ja, Dilara ist wieder da!

Dilara erinnert sich noch sehr gut an die Zeit, als die Grenzen zwischen dem Tijuas-Gebiet und ihrem bewacht wurden. Es ging selbst noch eine Weile so, nachdem Adán und Latizia zusammengekommen waren, doch als sie jetzt in das Gebiet einfährt, steht dort kein Auto mehr. Mittlerweile ist Sierra eins, eine Stadt, in der die Tijuas, die Surenas und die Trez Puntos herrschen. Nun werden nur noch die Außengrenzen von ganz Sierra bewacht und das durch alle Familias.

Hier hat sich einiges getan, es ist belebter und ein kleines zweites Einkaufszentrum entsteht gerade. Dilara fährt direkt zu Adáns Haus. Schon von Weitem sieht sie, dass zwei Männer auf seinem Dach stehen und irgendetwas befestigen wollen. Sie fährt langsamer, als sie Adán und Musa erkennt. Dilaras Herz schlägt sofort schneller. Latizias Freund und Musa sind beide sehr gut gebaut und Dilara kann bis ins Auto Musas schönes Lächeln und seine Augen strahlen sehen. Er ist so ein positiver Mensch, ganz anders als sie, einiges zwischen ihnen ist von vornherein schief gelaufen. Sie hat ihm schnell klar gemacht, dass sie keine Beziehung möchte, nichts Festes und doch sind sie sich immer wieder näher gekommen.

Musa hat sie nicht wirklich zu etwas gedrängt, aber er war einfach da, hat ihre Meinung zwar akzeptiert, aber doch auch gemerkt, dass sie sich nicht so ganz von ihm fernhalten konnte. Dilara kommen die Bilder von ihrem ersten Kuss vor ihr inneres Auge und sie muss zugeben, dass es wie ein Schock für sie war. Das hatte so gar nichts von dem, was sie bis zu dem Zeitpunkt gefühlt hat, wenn sie Männern näher gekommen ist.

Musa ist anders. Wenn er sie ansieht, hat sie das Gefühl, er könnte in ihr Innerstes sehen, seine Nähe verursacht Gefühle in ihr, die sie nicht will und sie ist so schnell wie sie nur konnte geflüchtet. Trotzdem war er weiter für sie da, besonders als die Sache mit Latizia passiert ist, hat er ihr Halt gegeben. Nur vor ihm hat sie ihre Angst gezeigt und sich vollkommen fallengelassen und als sie dabei gespürt hat, wie gut ihr das getan hat, ist sie ihm danach nur noch mehr aus dem Weg gegangen.

Sie hat ihn von sich gestoßen, sehr hart von sich gestoßen, doch sie musste das tun. Das zwischen ihnen war noch so wenig und doch so intensiv, dass es ihr Angst gemacht hat. Sie hatte gedacht, es würde Musa kalt lassen, zumindest hatte es den Anschein. Erst am Tag ihrer Abreise hat er gezeigt, wie enttäuscht und sauer er darüber ist. Er hat ihr vorgeworfen zu flüchten vor dem, was zwischen ihnen ist, und jetzt im Nachhinein hatte er vielleicht gar nicht so unrecht. Sie ist vor einigem geflüchtet und jetzt wird sich zeigen, ob sie lange genug weg war, dass sie all das nicht mehr berührt.

Die beiden Männer blicken vom Dach zu ihrem Auto, beide tragen nur Shorts und Turnschuhe und Adán lächelt, als er sie erkennt. Dilara sieht zu Musa, er hält in seiner Bewegung ein und sieht starr zu ihr, als würde er nicht glauben, was er da sieht. Dilara hält und atmet tief durch, acht Monate sind eine lange Zeit, sie muss sich das selbst immer wieder sagen. Als Dilara aussteigt, ruft Adán nach Latizia und Dilara lacht laut auf, als sie eine Sekunde später aus der Tür kommt und sich die Hände vor den Mund schlägt.

Dilara spürt in dem Moment, als sie ihrer hübschen Cousine in ihr schönes Gesicht sieht, wie sehr sie sie vermisst hat und als Latizia ihr um den Hals fällt, lachen sie beide und weinen auch gleichzeitig. Die Begrüßung ist so stürmisch, dass Dilara sich nicht halten kann und sie beide auf dem Rasen landen. Sie hören das leise Lachen der Männer, doch Latizia und Dilara lassen sich nicht los und bleiben liegen. Latizia fragt, warum sie nicht Bescheid gegeben habe, was ihr einfalle, sich so lange nicht blicken zu lassen. Dilara kann auf all das gar nicht antworten, so sehr drückt sie ihre Cousine.

»Sieh an, wer wieder im Land ist.« Es dauert, bis sie sich so weit lösen, dass Adán ihnen beiden wieder auf die Beine helfen kann. Musa und er sind beide vom Dach gekommen, hinter Latizia ist eine andere Frau aus dem Haus gekommen. Adán umarmt Dilara nun ebenfalls und küsst ihre Wange. Latizias Freund und Dilara verbindet ihre uneingeschränkte Liebe zu Latizia und sie mögen sich mittlerweile sehr. »Ja, irgendwie dachte ich, ich muss mal wieder vorbeikommen und gucken, wie du meine Cousine behandelst und ob ich sie mal wieder entführen kann.«

Adán lacht und löst sich von Dilara. Er hat immer den Kopf geschüttelt, wenn Dilara die letzte Zeit, bevor sie nach Chile gegangen ist, angebraust kam, sich Latizia geschnappt und nur knapp erklärt hat, dass sie Latizia für eine Weile entführe.

Dann wird es plötzlich leise und Dilara steht vor Musa, der aus seinen blauen Augen auf sie herabsieht. Sie hat vergessen, wie hübsch er ist, oder sie hat es einfach verdrängt, wie auch das Gefühl, das sich genau in dem Moment, als er sie ansieht, in ihrem Magen ausbreitet, offenbar waren acht Monate nicht lang genug.

Sie weiß gar nicht, wie sie ihn begrüßen sollte, doch er umgeht ihre Unsicherheit und sie liegt in seinen Armen, wo sie instinktiv die Augen schließt und tief einatmet. »Hey Eiskönigin, wir dachten, du kommst erst in zwei Wochen.« Dilara lächelt an seiner Schulter und hat noch immer die Augen geschlossen, als sie merkt, dass er sich langsam löst.

Ein wissendes Lächeln liegt auf seinen Lippen, als sie die Augen wieder öffnet, doch Dilara kommt nicht dazu, etwas zu sagen, da steht schon die Frau neben ihnen, die mit Latizia aus dem Haus von Adán gekommen ist. Latizia tritt zu ihnen und legt den Arm um Dilara. »Das ist Sophie. Sophie, das ist meine Cousine Dilara, ich habe dir ja schon viel von ihr erzählt.« Die Frau ist hübsch, sie hat lange blonde Haare und schöne grüne Augen, sie ist ganz hell. Als sie näher zu Musa tritt, weiß Dilara sofort, dass sie die Frau ist, von der Latizia in letzter Zeit öfter geredet hat, die jetzt mit Musa zusammen ist.

»Schön dich kennenzulernen, Dilara. Ich habe gehört, du studierst auf der Modeuniversität in Chile, das ist ein absoluter Traum.« Dilara kann nicht verhindern, dass sie sofort ein wenig zusammenzuckt und sie begegnet Musas sturem Blick, der auf sie gerichtet ist. Er hebt die Augenbrauen hoch, als hätte er sie sofort durchschaut. »Ja, es ist ganz toll.« Dilara versucht gelassen zu bleiben und entweicht Musas Blick, indem sie sich Latizias Hand schnappt und Adán schnell einen Kuss auf die Wange drückt.

»Ich entführe Latizia dann mal für eine Weile.« Natürlich sagt Adán nichts dagegen, im Gegenteil, er scheint froh zu sein, als er Latizia mit Dilara lachen sieht und wendet sich an Musa und Sophie, während Dilara und Latizia in Damians Ferrari davonbrausen.

Nachdem Latizia damals fast gestorben wäre, hat sie Dilara irgendwann ihren Lieblingsplatz auf dem Dach der Universität von

Sierra gezeigt und von da an haben sie sich immer, wenn sie allein sein wollten, dahin zurückgezogen.

Auch jetzt besorgen sie sich die leckeren Obstschalen vom Marktstand und setzen sich auf die alten Schornsteine. Dilara sieht über ganz Sierra hinweg und erzählt ihrer neugierigen Cousine, was alles passiert ist. Latizia kann sie alles erzählen, wirklich alles, vor ihr schämt sie sich nicht und hat auch niemals das Gefühl, sie würde sie mit anderen Augen sehen, nur weil sie die Wahrheit kennt. Natürlich konnte sie ihr die letzten Monate nicht alles erzählen, sie haben immer nur kurz telefoniert und deswegen erzählt Dilara ihr jetzt unter dem Versprechen absoluter Geheimhaltung alles. Von ihrem Studium, wie sehr es sie langweilt, von ihrer Affäre mit dem Präsidenten und wie sie jetzt von der Uni geworfen wurde.

Latizia hat schon lange aufgehört zu essen und sieht sie mit großen Augen an. »Wieso weiß ich von all dem nichts? Was hast du jetzt vor? Weiß überhaupt jemand davon?« Dilara schüttelt den Kopf. »Ich werde es meinen Eltern sagen und ihnen erneut beweisen, was für eine Enttäuschung ich bin. Und dann weiß ich auch nicht weiter, ich bin genauso schlau wie vorher.«

Latizia schüttelt den Kopf und lehnt sich zurück, dabei streicht sie Dilara einige Locken aus ihrem Gesicht. »Du bist keine Enttäuschung für sie. Natürlich werden sie sauer sein, dass du da rausgeflogen bist, das wären alle Eltern, aber Rodriguez und Melissa lieben dich über alles und sind sehr stolz auf dich. Es ist doch auch ganz normal, dass du noch nicht ganz genau weißt, was du mit deinem Leben anfangen sollst ...«

Dilara steckt sich ein Stück Ananas in den Mund. »Du weißt es doch auch schon, jeder außer mir hat eine gewisse Vorstellung davon, wie sein Leben aussehen soll, bei mir ist nichts ... Ich habe das Gefühl, ich hänge in der Luft, ich weiß nicht, ob hoch oder runter, rechts oder links.«

Latizia lächelt zuversichtlich und drückt ihre Hand. »Das wird sich alles finden, vertrau mir. Irgendwann wachst du auf und weißt, dass jetzt alles genauso ist, wie es sein soll.« Dilara will das

Thema wechseln, um nicht noch deprimierter zu werden. »So ist es jetzt bei dir mit Adán?« Sie nickt. »Ja, ich bin momentan einfach nur glücklich, er macht mich glücklich und wenn du jetzt wieder hier bist, ist alles perfekt.« Dilara lächelt und hört nun ihrer Cousine zu. Sie sagt ihr nicht, dass sie nicht einmal weiß, ob sie in Sierra bleiben wird.

Latizia erzählt ihr, was hier so passiert ist, wie nah Adán und sie sich jetzt sind, wie gut er sich mittlerweile mit Paco versteht und dass die Tijuas und ihre Familias viele Geschäfte zusammen machen. Dilara kann es nicht lassen und fragt nach Sophie. Latizia weiß um die Angst, die durch die Gefühle zwischen Musa und ihr in ihr aufkommt und dass sie alles abgeblockt hat. Deswegen erklärt sie vorsichtig, dass Musa die erste Zeit, nachdem Dilara weg war, sehr schlecht drauf war.

Musa ist ein Chaot, er hatte zahlreiche Liebschaften und kurze Affären, doch dann hat er zufällig Sophie kennengelernt. Sie hat das Nagelstudio im Einkaufszentrum mit ihrer Freundin zusammen übernommen, sie kommen ursprünglich aus Frankreich. Sie haben sich öfter zu viert getroffen und Musa sieht sie nun regelmäßig. Latizia hat das Gefühl, dass sie ihm gut tut. Er wirkt ruhiger, nicht mehr so rastlos, auch wenn sie zugibt, dass sie nie das Funkeln in seinen Augen gesehen hat, was er immer in den Augen hat, wenn er Dilara ansieht.

Dilara kann darüber nur müde lächeln. »Wenn Musa und du aufeinandergetroffen seid, war es immer wie eine … Explosion. Ihr seid so starke Charaktere, dass es eine gefährliche Mischung ist. Wie hat deine Freundin es damals genannt? 'Bonnie & Clyde'.« Dilara muss lachen, als sie an den Abend vor der Pizzeria denkt, wo Musa ausgerastet ist, weil sie sich dort mit Männern unterhalten hat und sie die ganze Nacht sauer war, weil er feiern gegangen ist. Sie beide sind viel zu wild und hitzköpfig, haben beide keine genauen Vorstellungen von Beziehungen oder ihrer Zukunft, sodass es niemals hätte gutgehen können. Auch wenn da immer etwas zwischen ihnen in der Luft lag, wussten sie es wahrscheinlich beide ganz genau.

Latizia zeigt Dilara gerade Bilder von Amalia, als ihr Handy klingelt und Bella sie beide ermahnt und fragt, wo sie denn schon wieder stecken. »Es ist alles wie immer.« Sie gehen lachend vom Dach und fahren ins Surena-Anwesen, wo der Garten von Paco und Bella schon voll ist. Als Dilara und Latizia eintreten, kommt Paco zu ihnen und legt seine Arme um sie beide. »Meine beiden Lieblinge wieder vereint.« Doch Dilara wird gleich von Juan umarmt. Miko, Pepo, Chico, sie alle sind gekommen und Dilara weiß nicht, wann sie das letzte Mal so viel gelacht hat: Adán ist da, auch einige andere Mitglieder der Tijuas, doch Musa entdeckt sie nirgendwo, was sicherlich besser so ist.

Nachdem sie schon die ersten leckeren Steaks gegessen haben und ihre Mutter auf der großen Leinwand gezeigt wird, tauchen nun auch die meisten ihrer Cousins auf. Miguel zieht Dilara auf seinen Schoß und isst ihr Steak zu Ende, während sie den Auftritt verfolgen. Ihre Mutter sieht fantastisch aus, keiner würde glauben, dass sie schon so viele Jahre nicht mehr auf der Bühne stand. Sie ist atemberaubend und alle sehen ihr fasziniert zu. Die Menge tobt, als sie nach einigen Liedern wieder von der Bühne geht, während Leandro ihnen noch mehr zu essen bringt. Mittlerweile sind auch Dania und Sanchez' Freundin Celestine da und haben Dilara begrüßt.

»Wieso habe ich dich eigentlich nie singen gehört? Latizia hat immer von deiner Stimme geschwärmt.« Latizia stößt Dilara von der Seite an. »Ich liebe Melissas Stimme, aber ich muss sagen, dass wenn ich Dilara mal hab singen hören, sie ihre Mutter noch um einiges übersteigt.« Dilara lacht. »Ich singe nicht!« Sie hört weiter zu, wie alle sich unterhalten und lehnt sich an Miguels starke Brust zurück. Sie ist wieder zuhause und es fühlt sich doch gar nicht so schlimm an, wie sie es die letzten Monate befürchtet hatte.

Kapitel 4

»Hey.« Melissa lächelt, als sie den Stolz in den Augen ihres Mannes erkennt, sie ist von der Show noch immer außer Puste und flüchtet sich schnell in seine vertrauten Arme. »Du bist die Allerbeste und ich bin so stolz, dass du meine Frau bist.« Melissa lacht und sieht zufrieden zu dem aufgebauten kleinen Bett in ihrer Garderobe, in dem ihre Tochter friedlich schlummert.

»Ich habe aber gemerkt, dass ich nicht mehr wirklich bühnenreif bin.« Rodriguez schüttelt den Kopf und sieht ihr in die Augen. »Weißt du, woran mich das heute erinnert hat? An das Konzert, was du in Sierra gegeben hast. Ich habe dich verflucht an dem Tag, als ich gemerkt habe, was du vorhattest ...« Melissas Hände finden ihren Weg unter sein Shirt. »Du hast an dem Tag das erste Mal dein Leben für mich riskiert .... das erste und nicht das letzte Mal.« Melissa hat noch immer Gewissensbisse, wenn sie an diese Zeit denkt.

Rodriguez küsst sie und lächelt dann. »Vielleicht wusste ich damals schon, dass du mein Leben bist.« Rodriguez zieht sie näher an sich, doch in diesem Moment klopft es. »Melissa, hier ist ein Mann, er lässt sich nicht abwimmeln. Er behauptet, ihr kennt euch hier aus Mexiko und will dich unbedingt sehen.« Rodriguez seufzt und Melissa lacht leise, als ihr Mann an die Tür geht. Sie hat zwar von der Veranstaltungsfirma einige Sicherheitsleute gestellt bekommen, doch die braucht sie nicht. Besser als ihr Mann kann niemand für ihre Sicherheit sorgen.

Rodriguez zieht seine Waffe und öffnet die Tür, doch als Melissa den Mann neben dem Sicherheitschef sieht, bleibt ihr das Lachen im Hals stecken. Sofort kommen ihr Bilder vor das innere Auge, Bilder die mehr als zwanzig Jahre zurück liegen. Von einer erfolgreichen Tour, von einer heißen Nacht in Mexiko in einer Bar, in der viel Alkohol floss, wie sie das erste Mal in ihrem Leben mit einem Fremden eine Nacht verbracht hat, dessen Namen sie nicht einmal kannte. Und doch konnte sie diese Nacht nie bereuen, denn Dilara ist in jener Nacht entstanden und nun nach 21 Jahren steht ihr Vater vor der Tür und sieht grimmig auf Rodriguez' Waffe.

»Was willst du von Melissa?« Rodriguez stellt sich jetzt so, dass sie den Mann nicht mehr sehen kann, doch sie hat ihn sofort erkannt. »Ich glaube, sie weiß genau, was ich möchte.« Melissa schüttelt den Kopf, sie muss jetzt klar denken, offenbar weiß der Mann etwas.

»Lass ihn rein!« Ihr Ehemann sieht sie verwundert an, doch als er ihr ins Gesicht sieht, lässt er ihn eintreten, offenbar erkennt er, wie schockiert Melissa ist. Der Mann tritt ein und sieht sich um. Melissa hätte ihn überall wiedererkannt, sie hat so oft sein Gesicht vor sich gesehen. Dilara kommt zwar ganz nach ihr, trotzdem ist er ihr Vater.

»Melissa, wie schön dich endlich mal wiederzusehen. Du fragst dich sicherlich, wieso ich dich suche.« Melissa ist schlecht, sie kann überhaupt nichts sagen, sondern sieht den Mann immer noch völlig überfordert an. »Jetzt mal langsam, wer sind sie überhaupt?« Melissa merkt, wie angespannt Rodriguez wird, weil er spürt, wie verunsichert Melissa ist. »Amon San Diego. Vor mehr als zwanzig Jahren hatten Melissa und ich eine … nette Nacht. Ich weiß noch, dass ich mein Glück nicht fassen konnte, mit Melissa Dimengo, es war traumhaft …« Er sieht wohl, dass Rodriguez keine Geduld mehr hat.

»Der Morgen danach war nicht so schön, sie war verkatert und hat immer nur gemurmelt, was sie da bloß getan hat und dass sie sich nicht verhütet hat. Ja und irgendwann kam ein Bericht über sie, nachdem sie geheiratet hatte und ihre Karriere schon länger beendet war in der Zeitung über erfolgreiche lateinamerikanische Frauen. Da war sie gerade schwanger und hat über Dilara erzählt. Ich bin kein Mathe-Genie, aber ich dachte, es wäre mal eine gute Idee nachzufragen, ob meine Vermutungen stimmen. Doch ich wusste nicht, wie ich sie erreichen kann, bis jetzt.«

46

Melissa sieht, wie alles aus Rodriguez' Gesicht fällt, selten hat sie ihren Mann so schockiert gesehen und Tränen steigen ihr in die Augen, als Amon sich nun komplett an sie wendet. »Ist Dilara meine Tochter und wenn ja, wieso hast du sie von mir ferngehalten?«

Melissa schließt ihre Augen, sie hätte niemals geglaubt, dass das geschehen könnte.

»Mist!« Dilara steckt ihre letzten zehn Dollar zurück in ihr Portemonnaie. Sie hat die Nacht bei Latizia verbracht, die aber schon früh zur Uni gegangen ist. Als sie jetzt nach unten geht, findet sie einen gedeckten Tisch vor, mit einem Teller für sie und einen Zettel. Paco ist mit Juan unterwegs und Bella und Lando sind im Kindergarten, wo sie mittlerweile wieder arbeitet.

Dilara hat sich ein weißes, knielanges Sommerkleid von Latizia angezogen, weil sie zu faul war, zu sich hinüberzugehen. Wieder fällt ihr Blick auf das Bild in der Küche, wo Rodriguez und Paco mit Amalia im Arm dastehen und glücklich in die Kamera strahlen. Sie hat ein wirklich schlechtes Gewissen, deswegen schnappt sie sich nur ein Croissant und streichelt Tenaz, der faul in der Ecke liegt, noch schnell über sein Fell. Sena lebt mittlerweile fast immer bei Adán, da sie sich dort sehr wohl zu fühlen scheint.

Dilara nimmt sich ihre Tasche und schließt die Tür hinter sich, dann geht sie zum Haus der Jungs hinüber. Es ist schon mittags, trotzdem ist es noch relativ ruhig, als sie eintritt. Dilara fällt fast über Pizzakartons und schüttelt den Kopf, als sie in das chaotische Wohnzimmer sieht. Sami und Sanchez sitzen im Garten und frühstücken. »Na wenn das mal nicht meine Lieblingscousine ist.« Dilara lacht leise und begrüßt beide, sie weiß, dass sie alle ihre Cousinen so nennen. »Wo ist mein Bruder? Ich brauche Geld zum Einkaufen.« Sanchez räuspert sich und Sami bekommt ein fieses Grinsen im Gesicht. »Der hatte gestern viel Spaß und du solltest ihn besser nicht stören.« Sanchez hat schon längst einige Scheine aus seiner Jeans gezogen und hält sie Dilara hin.

Sie weiß, dass jeder ihr hier immer Geld geben wird, doch eigentlich wollte sie Damian auch gleich ausfragen, was ihre Schwester noch gebrauchen kann. So steckt sie sich das Geld ein und sieht verwundert zu den beiden. »Heißt das, er hat eine Frau bei sich?« Sanchez lehnt sich zurück und nimmt einen Schluck Kaffee. »Eine? Dilara, du kennst deinen Bruder nicht richtig.« Dilara verzieht das Gesicht und deutet an, dass sie nichts mehr hören will. »Okay, ich bin einkaufen.« Sami zieht sich eine Sonnenbrille über und nickt. »Wenn was ist ruf an und bleib in Sierra und Sevilla.« Dilara fragt erst gar nicht nach, was schon wieder los ist, dass sie nicht überall hin kann, sie ist wieder in Sierra.

Dilara fährt dieses Mal mit ihrem Wagen ins Einkaufszentrum und bleibt lange im Spielzeuggeschäft. Sie entschließt sich letztlich für einen rosa Teddy, der fast so groß wie sie selbst ist. Auf die beiden Ohren hat sie Amalia und Dilara einsticken lassen. Beim Juwelier besorgt sie noch ein Babyarmband, auf dem sie auch beide Namen eingravieren lässt. Jetzt muss sie nur noch eine Verbindung zu ihrer kleinen Schwester aufbauen. Dilara macht sich auf den Rückweg zum Parkplatz, nicht so ganz einfach, mit diesem riesigen Teddy auf den Arm.

»Vorsichtig, Eiskönigin.« Dilara erschrickt selbst, sie wäre fast in Musa hineingelaufen. »Entschuldige.« Sie versucht den Teddy so zu halten, dass sie Musa richtig ansehen kann und bereut es gleich wieder. In ihrem Herzen durchfährt sie ein Stich, als sie ihn nun ganz vor sich sieht. Er trägt eine Jeans und ein schwarzes Shirt. Dilara ist selbst nicht gerade hell, doch er ist noch etwas dunkler als sie und er sieht verschlafen aus, so als wäre er grade erst aufgestanden, nur seine schönen blauen Augen sehen sie abschätzig an.

»Was hast du damit vor, willst du jemanden erschlagen?« Dilara ist auf einmal mulmig im Bauch, sie kann all das, was zwischen ihnen passiert ist, nicht vergessen und schon gar nicht, wie oft sie darüber nachgedacht hat, was passiert wäre, hätte sie damals anders gehandelt. »Nein, ich werde ja jetzt das erste Mal meine

Schwester sehen und na ja ...« Musa lächelt und Dilara erinnert sich wieder, wie sehr sie dieses Lächeln geliebt hat, sie muss hier weg und zwar schnell.

»Sie ist bezaubernd, sie erinnert mich an dich.« Dilara stemmt sich den Teddy an die Hüften und streicht sich die Locken weg. »Und was machst du ...?« Ihr Blick fällt auf das Nagelstudio, das er offensichtlich angesteuert hat.« Oh, du bist auf dem Weg ... um deine Freundin abzuholen.« Sie beide blicken sich in die Augen und keiner sieht weg, als würden sie der Reaktion des anderen nicht trauen. »Das ist egal, sag du mir lieber, wieso du schon viel früher da bist und keiner davon wusste.«

Mist, Dilara zuckt zusammen und will entnervt weiter, sie wird dafür eh schon noch genug Rechenschaft ablegen müssen. Wieso durchschaut Musa sie immer so schnell. »Das ist auch egal, viel Spaß mit deiner Freundin.« Aber auch wenn Musa sie offenbar doch schon sehr gut kennt, kann Dilara ihn ebenso gut einschätzen, zu wissen, dass er das so nicht stehen lässt und wundert sich nicht, als seine Hand ihren Arm umfasst.

»Was hast du getan, Dilara?« Dilara schnauft auf und wirbelt zu ihm um. »Wenn jetzt noch kommen würde, was hast du *wieder* getan, Dilara, würdest du klingen wie mein Vater.« Sie kann nicht verhindern, dass die Angst und die Enttäuschung über sich selbst in ihrer Stimme mitklingt. Musa sieht sie ernst an. Dann nimmt er ihr den Teddy ab, lässt dabei aber ihren Arm nicht los. »Komm, lass uns reden.« Er tippt etwas in sein Handy und Dilara würde am liebsten sagen, dass er sich um seine Freundin kümmern soll, doch sie tut es nicht, weil sie weiß, dass sie sich vor Musa nicht zu verstellen braucht. Sie hat das Gefühl, sie kann ihm alles anvertrauen und sie muss sich einiges von der Seele reden.

Es fühlt sich viel zu vertraut an, als er den Teddy nach vorn in sein Auto legt und Dilara die hintere Tür aufhält. Auch er setzt sich zu ihr nach hinten, dort sind getönte Scheiben und sie können sich ungestört im Auto unterhalten. Dilara setzt sich in eine Ecke und zwirbelt eine ihrer Locken auf ihren Finger, während sie

Musas Blick auf sich spürt. Diese Nähe ist ihr nicht fremd und schon gar nicht unangenehm, doch sein forschender Blick lässt sie trotzdem aufsehen. Sie sieht ihm in die Augen. »Was ist passiert?« Dilara zuckt gleichgültig mit der Schulter. »Ich bin von der Uni geflogen ...« Musa hebt die Augenbrauen. »Wie das? Ich dachte, es wäre dein größter Traum.«

Dilara lacht bitter auf und sieht aus dem Fenster. »Ich habe keine Träume, Musa. Jeder hier weiß, wer er ist, was er will, hat etwas zu tun, ein Ziel, weiß, wo er hingehört ... doch ich habe all das nicht. Ich weiß nicht, was ich mit meinem Leben anfangen soll, ich weiß noch nicht, was ich morgen tun soll, ich habe keine Pläne, keine Ziele. Wenn ich denke, ich habe etwas gefunden, was mir Spaß macht, stellt sich schnell heraus, dass es mich langweilt. Sieh dir die anderen Frauen aus meiner Familie an, sie alle wissen genau, was sie möchten und wohin ihre Reise führt. Ich weiß gar nichts. Jetzt spätestens ist der Zeitpunkt wo jeder genau sehen wird, dass ich nicht in diese Familie gehöre, Musa, verstehst du? Ich bin die Tochter von Melissa, doch das war es schon. Ich ... kann einfach nicht mehr verstecken, dass ich nichts besonders kann oder bin. Das Einzige, was ich wirklich gut tun kann, ist Menschen wehzutun, sie von mir zu stoßen und wegzulaufen, wenn es mir zu ernst wird, doch ansonsten ... ist da nichts!«

Musa ist ganz still, Dilara ist selbst überrascht. Wie von selbst hat sie sich alles von der Seele geredet und doch fühlt sie sich kein Stück besser, als Musa seufzt und den Kopf schüttelt. »Wie kannst du denken, dass du nichts Besonderes bist oder dass du irgendjemandem hier nicht wichtig bist? Ich sehe, wie alle dich hier vermissen, ich höre, wie deine Cousins von dir sprechen. Und nur, weil du bis jetzt noch nicht herausgefunden hast, was du für deine Zukunft willst, heißt das nicht, dass du ein schlechter Mensch bist oder sonst irgendetwas. Wie kannst du das nur denken?«

Dilara legt den Kopf schief. »Du weißt doch besser als jeder andere, dass ich vor allem davonlaufe, ich habe mich acht Monate kaum gemeldet und wenn all das nicht passiert wäre, würde ich das wahrscheinlich immer noch tun. Ich gehe den einfachen Weg und das weiß ich auch.«

Musa greift nach ihrer Hand und verschränkt ihre Finger miteinander. Als Dilara auf ihre Hände sieht, könnte sie wirklich laut losweinen. Egal wie schrecklich sie ist, Musa ist immer da. Wie kann sie ihm nur so etwas antun. »Das weiß ich und trotzdem bist du für mich ...« Dilara schüttelt den Kopf und sieht an ihm vorbei. Sophie kommt gerade aus dem Einkaufszentrum und sieht sich enttäuscht um. Dilaras Herz verkrampft sich. Sie rückt näher zu Musa und legt ihre Hand an seine Wange. Wie gern sie diese Nähe wieder zulassen würde und doch weiß sie, dass wenn sie schon nicht gut genug für ihn ist, sie ihn wenigstens gehen lassen muss.

»Ich bin nicht gut für dich, Musa. Ich wünschte, ich wäre es, wäre ein wenig wie Latizia und wir könnten das teilen, was sie und Adán haben. Du hast das verdienst, du hast eine Frau verdient, die dir alles von sich geben kann, doch du merkst doch, dass das bei mir nicht geht. Ich bin nicht gut genug für dich, doch Sophie ist das und ich werde nicht zulassen, dass du sie wegen mir verlierst. Das ist es einfach nicht wert.«

Dilara legt eine Sekunde ihre Stirn an seine, atmet seinen Duft tief ein und schießt ihre Augen, bevor sie sich von ihm losmacht. »Wage es nicht, für mich zu bestimmen, was gut für mich ist und was nicht, Dilara, und hör auf, dich selbst so schlecht zu machen. Du ...« Dilara steigt aus und holt sich von vorn ihren Teddy wieder, auch Musa steigt aus und funkelt sie böse an. Dilara aber kann nur mild lächeln, sie spürt, dass sie das Richtige tut. »Weißt du noch, Musa, als ich dir damals gesagt habe, dass ich mich nicht verlieben möchte? Vielleicht konnte ich das nicht verhindern, aber ich werde nicht zulassen, dass du dein Leben und deine Chance auf Glück wegschmeißt.«

Beide blicken sich in die Augen, es ist das erste Mal, dass Dilara zugibt, Gefühle für Musa zu haben, doch es wäre auch lächerlich, das zu bestreiten. Musa funkelt sie böse an und Dilara wendet sich um. Sophie hat sie entdeckt und sieht verwundert zu ihnen. Dilara könnte losheulen, doch sie lächelt Musas neue Freundin an und zuckt die Schultern, als sie an ihr vorbeigeht. »Tut mir leid, ich musste nur kurz mit ihm reden. Ich hatte ein paar Fragen wegen der Geschäfte und meinen Cousins, aber jetzt gehört er wieder ganz dir.« Dilara sieht die Erleichterung in Sophies Augen. »Oh, kein Problem. Süßer Teddybär.«

Dilara zwingt sich ein Lächeln ab und steigt dann in ihr Auto. Als sie Gas gibt, hat sie wieder das Gefühl, hier einfach nur wegzuwollen und wieder scheint dieses Gefühl sie zu ersticken. Dilara weiß nicht, ob sie dieses Gefühl jemals loswerden wird.

Kapitel 5

Miguel hält vor dem Gebäude, in dem Shanice ihre Praxis hat. Ob sie sich überhaupt noch an ihren Termin erinnern kann? Vielleicht ist es sogar besser, wenn sie es vergisst, Miguel sollte all das langsam beenden, doch es ist die Neugierde, die ihn doch wieder hergetrieben hat. Ihr scheint es wichtig zu sein zu erfahren, was alles passiert ist. Doch wieso hängt sie sich so sehr daran, sie hat genug Patienten, wieso ist ihr seine Geschichte so wichtig?

Pünktlich um elf Uhr tritt Shanice aus dem Gebäude, Miguel muss lächeln, als sie unentschlossen zu seinem Auto sieht. Sie trägt zwar noch den Rock und die Bluse, doch wenigstes hat sie das Jackett im Büro gelassen. Er öffnet die Beifahrertür. »Wollen Sie nicht parken? Wir könnten hier in ein Café ...« Miguel deutet ihr an einzusteigen. »Nach meinen Regeln, keine Angst, du bist nirgendwo sicherer als bei mir.«

Shanice sieht sich unschlüssig um, doch die Neugierde, die er schon so oft in ihren schönen Augen entdeckt hat, lässt sie sich zu ihm setzen. Bevor sie es sich noch anders überlegt, gibt Miguel Gas. Sie fahren nicht weit. Miguel bringt sie auf den Hügel, wo auch die neuerbaute Kirche steht, allerdings halten sie etwas vorher und Miguel bringt Shanice durch einen kleinen Seitenweg auf einen kleine Aussichtsplattform auf dem Hügel. Es steht eine kleine Bank da, die die Kirche ebenfalls hat bauen lassen und sie haben den allerschönsten Blick auf Sierra.

Shanice setzt sich und lächelt, als sie hinabsieht. »Wieso ausgerechnet hier?« Miguel setzt sich ebenfalls und lehnt sich zurück. Er hat beim Bäcker Bagels und Kaffee besorgt und bietet es ihr an. Sie nimmt den Kaffee. »Ich bin oft hier, so oft es geht, hier bekomme ich immer einen freien Kopf und erinnere mich wieder an das, was wirklich zählt.« Shanice nippt an dem Kaffee. »Und das wäre?« Sie ist immer noch zu steif und Miguel lächelt. »Kannst du das einfach als eine lockere Unterhaltung sehen? Mir ist das alles sonst zu steif und förmlich.« Shanice sieht ihn verwundert an. Miguel liebt ihre schönen Augen und immer wieder fällt sein Blick auf das schöne Muttermal an ihrer rechten Augenbraue. Doch dann streift sich Shanice die Absatzschuhe von den Füßen, winkelt sie auf der Bank an und macht es sich bequem.

Miguel blickt auf ihre perfekt rotlackierten Fußnägel und lehnt sich zufrieden zurück. Er hat nicht vor, sie zu belügen. Wenn er ihr etwas erzählt, dann nur die Wahrheit, doch er weiß selbst nicht, wie weit er dabei gehen kann.

»Als ich damals im Gefängnis war, noch mit meinen Onkeln und meinem Vater, habe ich oft an Sierra gedacht, geträumt, ich wäre wieder hier. Ich habe die Stadt und das Leben hier unheimlich vermisst. Mir sind immer tausende von Bildern in die Gedanken gekommen, doch als ich zurückkam und diesen Ort hier gefunden habe, wusste ich, dass ich von jetzt an nur noch dieses Bild in Gedanken habe werde, wenn ich an Sierra denke.«

Shanice lächelt und blickt von ihm hinunter auf die Stadt. »Es ist wirklich schön hier, beruhigend irgendwie.« Miguel nickt, aber auch wenn er weiß, dass eigentlich er hier die Fragen beantworten sollte, kann er es nicht lassen. »Shanice, es gibt eine Sache, die ich nicht verstehe. Wieso willst du so unbedingt meine Geschichte hören. Ich meine, du kannst so viele Menschen therapieren, wieso ist es dir bei mir so wichtig?« Sie beißt sich auf die Lippe und sieht ihm ins Gesicht. »Wenn ich dir das erkläre, versprichst du mir dann, mir deine ganze Geschichte zu erzählen, ohne etwas auszulassen? Ich sage nicht, dass du danach weiter zu mir zur Therapie kommen solltest oder dass du danach noch einmal die Geschichte erzählen musst, aber ich möchte sie wirklich gerne erfahren.«

Miguel nickt. »Ich werde sie dir erzählen, aber du musst verstehen, dass das hier keine Therapiestunde ist. Ich bin gerade nicht dein Patient und du musst mich auch nicht siezen. Ich erzähle es dir, weil ich es möchte und du musst mir erklären, wieso es dir so wichtig ist.«

Shanice legt ihr Kinn auf ihre Knie und blickt den Abhang hinab. »Ich kann das gar nicht so wirklich in Worte fassen, es ist für mich wie eine ... Berufung. Ich weiß nicht, ob du das verstehst, Miguel. Meine Eltern waren sehr arm und schon immer hatte ich diese Angewohnheit, immer allen helfen zu wollen. Ich habe wirklich versucht, für alles und jeden da zu sein und zu helfen, gleichzeitig war ich immer eine der besten in der Schule und habe schnell ein Stipendium bekommen. Weißt du, ich hätte auch eine normale Ärztin werden können, doch ich habe schnell gemerkt, dass es nicht das ist, was ich eigentlich möchte.

In unserem Dorf waren fast alle Minenarbeiter, mein Vater auch. Eines Tages gab es eine Explosion, es sind nur zehn Mitarbeiter gestorben, doch mehr als dreißig waren tagelang verschüttet. Ich habe gesehen, was schreckliche Erlebnisse bei Menschen auslösen können, wie sehr sie auch noch Jahre danach darunter gelitten haben, und immer kam die Regierung und Ärzte und haben gesagt, die Menschen seien gesund, ihnen fehlt nichts, doch ich wusste, dass es nicht so ist. Dass ihre Seele verletzt ist und dass diese Verletzungen viel schlimmer sind.

Damals habe ich beschlossen, Psychologin zu werden, um zu versuchen, die Seele der Menschen zu heilen. Schon während des Studiums habe ich gemerkt, wie schwer das wird. Ich konnte einige Semester überspringen, war schon mit 22 Jahren fertig ausgebildet und habe als beste Absolventin eine Praxis aufgebaut bekommen. Doch die Leute vertrauen uns nicht besonders und sie haben recht, den meisten meiner Kollegen geht es um das Geld. Wäre ich wie sie, würde ich mich hinsetzen, dich reden lassen und Unmengen von Geld einstreichen, doch ich bin jetzt mittlerweile fünfundzwanzig und will immer noch einfach nur helfen.

Zweimal die Woche hat meine Praxis zu und ich bin im Kinderheim, wo ich den Kindern helfe, das Erlebte in ihren kleinen Seelen für sie ertragbar zu machen. Sie sind noch so jung und haben doch schon so viel erlebt, ich kann nur versuchen, ihnen zu helfen, damit zu leben. Ich verzichte dafür auch auf Angestellte und habe nur eine Studentin, die mir ab und zu im Büro hilft. Es geht mir nicht darum, Geld zu verdienen. Ich möchte wirklich helfen.

Als deine Mutter damals meine Praxis besucht hat, hat es mir so leid getan, sie so zu sehen. Ihr Herz ist gebrochen gewesen vor Trauer und vor Sorge. Sie hat mich gebeten, mit dir zu reden und hat mir Bilder von dir vor eurer Reise nach Kolumbien gezeigt. Ich muss zugeben, ich war schockiert, als ich dich ein paar Tage später das erste Mal getroffen habe.

Ich weiß nicht, ob du dich daran noch so gut erinnern kannst, aber du hattest nicht nur diese körperlichen Verletzungen, du konntest mir noch nicht einmal lange in die Augen sehen. Wenn ich mich manchmal zu schnell bewegt habe, bist du ausgewichen, aber gleichzeitig habe ich noch nie so einen stolzen Mann wie dich gesehen.«

Shanice hat die ganze Zeit den Berg hinabgesehen. Miguel kann nicht aufhören, sie anzusehen und jetzt schlägt sein Herz schneller, besonders als er bemerkt, wie sich ihre Wangen rot verfärben. »Ich wollte wissen, was dich so offensichtlich verletzt hat und doch warst du offenbar stark genug, es dich nicht brechen zu lassen. Mir war klar, dass du nach Schweden nicht mehr kommen würdest. Wie gesagt, ich habe gesehen, wie stolz du bist und dass es sicherlich nicht sehr angenehm für dich ist, mit einer jüngeren Psychologin darüber zu sprechen. Als ich dich dann aber vor Kurzem wieder getroffen habe, ist mir diese Frage nicht mehr aus dem Kopf gegangen.

Du bist wieder der gleiche Mann wie auf den Bildern, doch ich habe auch diese andere Seite gesehen und frage mich, wie viel davon noch in dir steckt und wie du all das verarbeitest. Es geht mir nicht ums Geld oder um sonst irgendetwas, Miguel, ich will einfach nur helfen und deine Geschichte hören.«

Jetzt wendet sie sich zu ihm um und Miguel und sie sehen sich eine kleine Weile in die Augen, abschätzig, doch dann räuspert sich Miguel. Sie hat ihren Part eingehalten, nun ist er an der Reihe.

»Du kennst ja den Teil der Geschichte, wo ich im Gefängnis eingesperrt war. Die lange Zeit eingesperrt zu sein, war wirklich anstrengend. Das Schlimmste war, nicht zu wissen, wie lange wir noch da bleiben sollten. Die Wochen vergingen und man verliert das Zeitgefühl, doch wir waren so viele und haben uns gegenseitig aufgebaut. Ich glaube, das hat uns alle am Ende davor beschützt, den Verstand zu verlieren. Wir haben uns immer etwas zu tun gesucht, den größten Schwachsinn, wir haben Wetten abgehalten, wer mehr Liegestützen schafft, hunderte von Serien gesehen und all solchen Kram, doch letztlich war das alles noch zu ertragen.

Dann kam Garcias ins Gefängnis und hat mich und noch zwei andere Männer weggebracht. Wir sind auf eine Drogenfarm gekommen, das sind diese Grundstücke, wo meistens illegale Einwanderer oder arme Leute wie Tiere gehalten werden und dort arbeiten müssen.« Miguel sieht auf seine Hände, die noch immer Narben auf dem Handrücken haben von der tagelangen Arbeit. »Ich habe die Arbeit nicht lange gemacht, doch trotzdem war ich schon am Ende meiner Kräfte. Einer meiner Männer wurde gleich am Anfang getötet, einer kam wegen eines Schlangenbisses um. Wir haben in Baracken geschlafen und kaum Essen bekommen, das war wirklich viel schlimmer als all die Monate im Gefängnis.

Diese Drogenfarm gehörte einem Bastard namens Roan. Er war oft unterwegs und seine Geliebte alleine in dem großen Haus. Sie hat sich öfter Männer kommen lassen, um ihren Spaß zu haben. Roan konnte keinen Sex mehr haben, deswegen hat er sie immer nur dabei beobachtet und so seine Fantasien befriedigt. Sarita war wirklich eine hübsche Frau, sie war von Roan zu einem Männertraum operiert worden.« Miguel spürt Shanice' Blick auf sich, doch er sieht hinunter zur Stadt.

Er kann sie nicht ansehen, nicht wenn er zurück an diesen Ort kehrt. »Hat sie dich auch zu sich kommen lassen ... um ihren Spaß zu haben?« Miguel lächelt mild. »Ja, aber bei mir war es etwas anders. Ich habe mit ihr gespielt und wir hatten beide unseren Spaß, dazu konnte ich den anderen Männern so gut es geht helfen.

Irgendwann habe ich den Keller dieses Hauses entdeckt, es war eigentlich mehr ein Verlies. Dort haben wir die Überreste von den Männern gefunden, die an dem Schlangenbiss gestorben sind. Es war ... Ich hätte da vielleicht einfach einen ruhigen Kopf behalten sollen, doch ich wollte nur noch weg. Ich habe versucht zu fliehen und Sarita war bei mir. Sie wollte bei mir bleiben. Ich hätte sie einfach da zurücklassen sollen, dann würde sie noch leben.

Natürlich wurden wir geschnappt, es gab zu viele Aufseher und sie haben Sarita sofort erschossen. Für mich aber hatte Roan andere Pläne.« Miguel will nicht mehr an diese Tage denken, doch er braucht sich auch nichts vorzumachen, er träumt noch viel zu oft davon. »Roan hat mich dafür leiden lassen, dass ich Sarita geben konnte, wozu er nicht in der Lage war. Ich wurde in das Verlies geschmissen, die Wächter haben mich zusammengeschlagen und als ich das erste Mal nach oben zu Roan gebracht wurde, hat er auch mit einem Holzbrett seine Wut an mir ausgelassen.«

Shanice atmet etwas lauter, doch jetzt ist Miguel zu tief drin, als dass er stoppen könnte. »Ich habe nur noch Wasser, etwas Brot und hin und wieder einen Apfel bekommen, ich hatte keine Kraft, um mich zu wehren. Meine Verletzungen waren zu schwer. Roan hat Frauen besorgt. Ich weiß nicht mal woher, vielleicht waren es Frauen der Arbeiter oder ... keine Ahnung, woher er sie hatte. Mein Körper hat nicht mehr mitgespielt, doch Roan hatte so eine verfluchte Salbe, die Frauen mussten sie mir so lange auftragen, bis ich einsatzfähig war ...«

Miguel stockt, ihm kommen die vielen ängstlichen Frauengesichter vors innere Auge, er hat nie auf ihre Figur geachtet, aber diese Angst in den Augen wird er nie vergessen. »Die Frauen mussten dann auf mich steigen, so lange bis Roan genug hatte, dann hat er sie ohne Vorwarnung erschossen. Noch während sie auf mir saßen, ihr Blut klebte an mir, bis ich das nächste Mal hochgebracht wurde und dort kalt abgeduscht wurde. Es ging nur einige Male, doch ich habe mir wirklich den Tod gewünscht, doch nicht einmal das wurde mir gestattet. Ich kann mich nicht einmal daran erinnern, wie mich meine Onkel befreit haben. Irgendwann war ich im Krankenhaus und habe erfahren, dass mein Vater umgebracht wurde. Es war merkwürdig, damals habe ich nichts empfunden, keine Trauer, nichts mehr. Auch als ich hierherkam, war da kaum etwas. Ich meine, natürlich war ich froh, ich war wieder hier, wenn ich meine Cousine Dilara umarmt habe, wusste ich, dass ich noch am Leben war, doch irgendwie ist das trotzdem alles nicht an mich rangekommen.«

Shanice ist ruhig, Miguel sieht erst gar nicht zu ihr. »Und wie ist es jetzt? Wie lebst du mit all dem?« Miguel zuckt die Schultern. »Meine Familie ist glaube ich die beste Heilung, die es gibt, wir haben Rache genommen, doch ich habe auch kapiert, dass Rache nichts ungeschehen macht. Man fühlt sich danach nicht wirklich besser. Am Anfang hatte ich Probleme, Nähe zuzulassen, ich kann immer noch nicht jeden an mich heranlassen, aber die Leute, die ich liebe, da ist es kein Problem. Selbst mit den Frauen geht es wieder, zwar muss ich die Kontrolle haben, doch es ist alles wieder in Ordnung.«

Miguel steht auf und geht ein paar Schritte nach vorn, bevor er sich umdreht und das erste Mal wieder in Shanice' Gesicht sieht. Sie ist einfach nur wunderschön und Miguel bereut sofort, ihr alles erzählt zu haben. »Das freut mich wirklich für dich, Miguel, dass du das alles so gut verarbeitest, doch ich denke, du solltest aufpassen, dass du dich da nicht überschätzt. Solche tiefen Wunden hinterlassen oft Narben, die urplötzlich wieder aufbrechen können.«

Miguel lächelt. »Ich werde daran denken.« Shanice steht ebenfalls auf. »Ich möchte dich nicht drängen, aber es wäre gut, wenn du nächste Woche noch einmal in die Praxis kommst, wir könnten besprechen, wie du im Alltag gut mit einigen Situationen umgehst, und ich könnte dir etwas verschreiben, was dir hilft, wenn du nachts nicht schlafen kannst.«

Miguel tritt etwas näher zu ihr. »Du kannst mich auch einfach so fragen, ob wir uns wiedersehen können.« Shanice' Wangen verfärben sich ein klein wenig und Miguel weiß, dass egal wie hart sie

jetzt tut, er sie nicht kalt lässt. »Ich trenne Berufliches und ….«
Miguel hebt die Arme. »Ich komme nur noch privat vorbei, ich
komme nächste Woche mit Kaffee und Bagels und wir quatschen
ein wenig, aber du bist nicht meine Therapeutin.« Shanice lacht
und Miguel liebt dieses Geräusch. »Einverstanden.«

Sie machen sich auf den Rückweg und beide schweigen eine Weile. Erst als Miguel vor ihrem Bürogebäude hält, sieht sie ihn noch
einmal an. »War es jetzt so schwer, mit mir darüber zu sprechen?«
Miguel sieht ihr in ihre hübschen Mandelaugen und streicht ihr
braunes langes Haar zur Seite. Shanice zuckt nicht zurück, als er
mit seiner Hand dabei ihre Wange berührt. »Ich glaube, dass es mir
bei dir am allerschwersten fällt. Du bist etwas ganz Besonderes
und du hast nichts an diesem Ort verloren. Wenn ich dir das
erzähle, fühle ich mich so, als würde ich dich dorthin mitnehmen
und das will ich nicht. Nicht dich!«

Shanice sagt nichts, sie trennt ihren Augenkontakt auch nicht.
Erst als jemand hinter ihnen hupt, schreckt sie hoch und steigt
schnell aus. »Bis nächste Woche, Miguel!«

Dilara liegt entspannt auf der Couch im Wohnzimmer des Män-
nerhauses. Sie streichelt über den kleinen wuscheligen Kopf von
Amalia, die auf ihrer Brust eingeschlafen ist und riecht an ihr. Vor
zwei Stunden sind ihre Mutter und ihr Vater zurückgekommen,
und Dilara hat Amalia seitdem nicht mehr aus den Armen gegeben. Sie wollte eigentlich nur kurz Damian rufen, doch der ist
noch nicht da und sie ist hier mit ihrer kleinen Schwester liegenge-
blieben.

Es ist so friedlich mit ihr auf dem Arm. Dilara zieht die kleine
rosa Decke um ihre Schwester enger und schließt die Augen. Ob
sie auch einmal Mutter wird? Jetzt wo sie hier mit ihrer Schwester
liegt, kann sie sich gar nichts Schöneres vorstellen. Ihre Mutter hat
sich sehr gefreut Dilara wiederzusehen, auch Rodriguez hat sie lan-

ge im Arm gehalten, doch sie sind noch nicht dazu gekommen, richtig miteinander zu sprechen. Dilara weiß aber, dass sie darum nicht herumkommen wird. »Werde bloß nicht erwachsen.« Dilara küsst Amalias kleinen Kopf und im selben Moment geht die Tür auf und Musa tritt ins Haus ihrer Cousins.

Eine Sekunde sieht er Dilara an, als würde er sie am liebsten töten, doch als er Amalia auf ihr entdeckt, verfliegt das Wütende sofort und er lächelt. »Hast du endlich deine Schwester kennengelernt?« Dilara kommt nicht dazu zu antworten, da kommt Miguel herein. Offenbar waren die beiden zusammen unterwegs. »Sieh mal an, meine beiden Lieblingscousinen.« Dilara würde am liebsten ihre Augen verdrehen, als Miguel zu ihr kommt und ihr Amalia aus den Armen nimmt.

»Klau sie mir nicht!« Es sieht zu lustig aus, wie winzig Amalia auf Miguels breiten Armen aussieht und wie vorsichtig er ihren Kopf küsst. Musa tritt auch näher und Miguel lacht ihn an. »Sieh mal, sie bekommt die gleichen Locken wie Melissa und Dilara, noch eine Curly!« Musa lacht auch und Miguel gibt ihm Amalia auf den Arm, bevor er schnell die Treppen hoch sprintet. »Wir können in einer Minute los.«

Musa setzt sich zu Dilara auf die Couch und sie macht ihm mit ihren Beinen Platz. Er lehnt sich zurück, Amalia scheint sich wohl bei ihm zu fühlen. Dilara lächelt matt. »Das steht dir.« Musa blickt nicht zu ihr, seine großen Hände streichen über Amalias kleinen Rücken. »Ich genieße es, dass wenigstens eine der beiden Schwestern nicht vor mir wegläuft.« Dilara muss lächeln, als er ihr Amalia wieder auf die Brust legt. »Na warte erst ab, wenn sie laufen kann.« Musa lacht nicht, er sieht sie ernst an, beugt sich vor und küsst ihre Stirn. Dilara schließt die Augen. Sie weiß, dass sie ihn verletzen kann, indem sie sich von ihm entfernt, doch er kann sie verwirren, durch diese Nähe und die Gefühle, die er in ihr auslöst.

Dilara lässt die Augen geschlossen. Sie sehnt sich danach, ihn wieder näher zu spüren, das spürt sie in diesem Moment ganz genau, doch er küsst ihre Lippen nicht. Als sie die Augen öffnet, blickt sie genau in seine und erkennt darin ein wahnsinniges Verlangen, vielleicht das gleiche, was sie in diesem Augenblick spürt. »Kommst du später zu Adán? Er hat uns alle gebeten zu ihm zu kommen.« Dilara nickt, auch sie hat vorhin den Anruf bekommen. »Musa, ich ...«

Sie hören eine Tür zuschlagen und Musa entfernt sich wieder ein wenig. »Lass uns los, Musa. Bist du später bei Adán?« Ihrem Cousin kommt es überhaupt nicht komisch vor, dass Musa so nah bei ihr sitzt. Dilara lässt ihren Blick nicht von Musa und er sieht sie noch genauso an. »Ja, bin ich.« Sie hört, wie Miguel nach Autoschlüsseln kramt. »Gut, wir werden es nicht rechtzeitig schaffen, nimm Abelia mit und fahrt in zwei Autos. Du musst im Restaurant von Hector einige Sachen abholen, es ist schon alles bestellt.« Nun blickt sie doch zu ihm. Was planen die?

»Wozu? Was ist los?« Miguel zuckt die Schultern. »Ich weiß es auch nicht, tu mir einfach den Gefallen, ich schaffe es nicht. Bis später.« Sie spürt noch einmal Musas Hand an ihrem Schenkel und dann gehen Miguel und er. Dilara lehnt sich zurück. Verdammt, was war das? Wie soll sie so ihren Plan, Musa aus dem Weg zu gehen und diese verwirrende Nähe nicht zuzulassen, durchziehen? Das gerade war nicht normal, noch nie hat sie solch eine Hitze und ein derartiges Verlangen in sich gespürt.

Dilara fasst sich an die Wangen, sie fühlt sich immer noch zu heiß in ihrer Haut. Aber vielleicht ist es auch genau das, vielleicht muss sie diese Nähe einmal richtig zulassen, damit sie dann genug davon hat. Man sagt doch nicht umsonst, dass einem die Dinge, die man kennt, schnell langweilig werden. Vielleicht ist es einfach nur das Unbekannte, was Dilara noch so reizt. Vielleicht muss sie diese Nähe einmal ganz zulassen und wird dann erkennen, dass es doch nicht so besonders ist, wie sie es sich so einbildet.

Dilara lächelt, der Plan gefällt ihr so viel besser als der davor und er wird ihr auch nicht so schwerfallen, wie sich von Musa fernzuhalten. Die Tür öffnet sich wieder und ihre Mutter tritt ein. »Hier sind meine hübschen Prinzessinnen, ich habe euch gesucht.« Sie setzt sich zu Dilara und Amalia und sieht ihre Töchter liebevoll an. »Dilara Schatz, ich muss dir etwas erzählen. In Mexiko habe ich überraschend Besuch bekommen .... Es ist nicht so leicht für mich, dir das alles zu erklären, ich kann es selbst noch nicht richtig begreifen ...«

Kapitel 6

»Merkwürdig.« Dilara klappt den kleinen weißen Zettel wieder zu, als Abelia in ihr Autofenster hineinblickt. Dilara ist gar nicht aufgestanden, als drei Männer erst Abelias Kofferraum, die Rücksitze und dann auch noch bei ihr das gesamte Auto mit gut duftenden, gut eingepackten Essensplatten vollstellen. »Was hat Adán vor, das Essen reicht für fünf Familien, haben wir irgendetwas verpasst? Hat er Geburtstag?«

Dilara räuspert sich, seitdem ihre Mutter mit ihr geredet hat, steht sie vollkommen neben sich. Ihr Vater, für Dilara war das immer Rodriguez, ist es immer noch, doch natürlich wusste sie immer, dass es da noch jemanden gibt und ihre Mutter es nie geschafft hat ihn zu finden. Sie hat sich auch, ehrlich gesagt, nie darüber Gedanken gemacht, wie es wäre, ihren leiblichen Vater kennenzulernen, ob sie das überhaupt möchte und plötzlich erzählt ihr ihre Mutter, dass er sie gefunden hat und Dilara kennenlernen möchte.

Man hat ihrer Mutter angesehen, dass ihr das nicht leicht fällt. Auch Rodriguez, den sie danach noch kurz gesehen hat, hat sie etwas unsicher angesehen. Doch ihre Mutter hat ihr die Nummer ihres leiblichen Vaters gegeben und ihr gesagt, dass Dilara das selbst entscheiden könne und er sich freuen würde, wenn sie sich meldet. Abelia hupt hinter ihr und holt Dilara wieder aus den Gedanken. Sie startet und fährt in die Richtung von Adáns Haus.

Vielleicht ist es gar nicht so schlecht, mal die andere Hälfte von ihr kennenzulernen, vielleicht erklärt sich so, warum sie so ganz anders ist als die anderen Mädchen aus ihrer Familie. Dilara dreht die Musik laut, sie muss auf andere Gedanken kommen, sie darf sich deswegen nicht verrückt machen, sonst wird sie sich niemals trauen dort anzurufen. Auf der Veranda von Adáns Haus stehen schon Leandro, sein Vater, Juan und ihr Vater. Sie sehen ihnen auch ziemlich ratlos entgegen, doch sie alle holen die Essenspakete aus den Autos und bringen sie in den Garten. Dilara stockt kurz.

Der Garten ist mit vielen weißen Tischen vollgestellt, es gibt ein schon sehr volles Buffet, auf dem sie jetzt auch noch die Sachen abstellen. Mehrere große Torten mit A&L drauf. Auf dem Boden liegen hunderte Rosenblätter und auch eine von Latizias Strickjacken.

Dilara sieht sich um, es sind fast alle da, von den Surenas, von den Puntos, nur Adán und Latizia fehlen. Miguel und Musa kann sie zwar nirgendwo entdecken, doch die haben ja gesagt, dass sie es nicht ganz schaffen werden. Dilara stemmt die Arme in die Hüfte und sieht sich verwundert um. »Ich hoffe, meiner Kleinen geht es gut.« Paco hebt Latizias Strickjacke hoch. »Adán ist verrückt nach deiner Tochter, du kannst dir sicher sein, dass es ihr gut geht.«

Ihr Vater tritt zu ihr und legt den Arm um Dilara. »Alles in Ordnung? Du bist ziemlich blass.« Dilara sieht in die vertrauten Augen und legt ihren Kopf an seine starken Arme, die ihr das ganze Leben so viel Halt gegeben haben. »Ja, ich bin durcheinander wegen … dem Mann.« Rodriguez senkt den Blick. Dilara hat noch gar nicht darüber nachgedacht, wie es für ihn sein muss. Sie gibt ihm einen Kuss und will gerade etwas sagen, da kommen Latizia und Adán in den Garten. Latizia strahlt, aber gleichzeitig muss sie geweint haben. Paco neben ihnen versteift sich, doch Adán hält Latizia an der Hand zurück und sie bleiben auf der Terrasse stehen und sehen zu ihnen hinab in den Garten.

Latizia sieht genauso überrascht wie sie alle aus, offenbar hat sie nicht damit gerechnet, dass alle da sind. Abelia tritt zu ihnen und lacht. Latizia hat Sand und Rosenbläter in den Haaren. Was haben die beiden gemacht? Doch sie bekommen ihre Antwort. Adán erhebt das Wort.

»Ich freue mich, dass alles so gut geklappt hat.« Miguel und Musa treten hinter ihnen in den Garten und sehen genauso verwundert auf all das, was sie hier vorfinden. Adán macht weiter. »Es war mir wichtig, dass ihr alle heute hier seid. Wie ihr alle wisst, sind Latizia und ich jetzt schon eine Weile zusammen, doch eigentlich spielt das keine Rolle, weil ich sie von Anfang an über alles geliebt habe und das wenn, dann nur mehr geworden ist. Latizia ist zum wichtigsten Teil in meinem Leben geworden und ich möchte nie wieder ohne sie sein ...« Dilara hört Bella schluchzen, auch ihr steigen Tränen in die Augen.

Latizia kuschelt sich an Adán, als er liebevoll zu ihr hinunterblickt. »Ich habe sie gerade gefragt, ob sie meine Frau werden möchte und sie hat ja gesagt. Aber ich wollte auch euch um euren Segen bitten, allen voran natürlich ihren Vater.« Adán sieht zu Paco, während Latizia überglücklich ihre Hand mit einem schönen Ring in die Luft hält. »Sie ist doch noch meine kleine Princesa.« Fast schon schmollend sieht Paco zu den beiden, doch Bella läuft schon nach vorn und umarmt sie, also folgt er ihr.

Adán lacht leise über Bellas stürmische Zustimmung, und während sie sich Latizias Ring ansieht, blickt er ernst zu Latizias Vater, der sich nun vor ihm aufbaut. »Ich hoffe du weißt, wie sehr ich deine Tochter liebe und dass ich sie mit meinem Leben schützen werde.« Paco nickt und umarmt Adán, damit gibt er ihm seinen Segen und alle atmen aus. Leandro gratuliert ihnen als nächster, auch Juan muss Adán noch einmal versprechen, gut auf Latizia aufzupassen. Alle geben ihren Segen und Latizia zeigt stolz ihren Ring. »Wir wollten doch eine Doppelhochzeit machen.« Dilara küsst ihre Lieblingscousine und wischt ihr noch eine Träne weg. »Ist ja nicht gesagt, dass wir das nicht machen.«

Dabei blickt sich Latizia um und Dilara erkennt, dass Musa hinter ihnen steht und den Arm um Sophie gelegt hat, die auch eingetroffen ist. »Ich bezweifle, dass ich in den nächsten zehn Jahren so weit sein werde. Jetzt erzähl mal, wie hat er dir den Antrag gemacht?« Dilara zeigt nicht, wie sehr ihr der Anblick der beiden gerade einen Stich in die Magengegend versetzt hat. Noch immer drehen sich ihre Gedanken auch um die Nummer in ihrer Gesäßtasche, die zu brennen scheint und Latizia legt den Kopf schief. »Dilara, ist bei dir alles in Ordnung?« Sie nickt schnell, vielleicht zu schnell. »Ja, alles in bester Ordnung!«

Zum Glück knallen in diesem Moment einige Sektkorken und das Buffet wird eröffnet.

»Auf die Verlobung von Latizia und Adán.«

Es wird eine lange Feier. Irgendwann fahren ihre Eltern mit Amalia nach Hause, es gehen langsam alle Älteren, nur die junge Generation bleibt. Dilara hat erklärt, dass sie wahrscheinlich bei Latizia schlafen wird, doch je dunkler es wird, umso mehr möchte auch Dilara weg. Latizia hat ihnen genau erzählt wie der Antrag war, dass sie überhaupt nicht damit gerechnet hat und wie glücklich sie jetzt ist.

Dilara gönnt es Latizia und doch ist sie neidisch, neidisch, dass sie alles hat, was sie sich gewünscht hat. Einen Mann an ihrer Seite, den sie über alles liebt, Latizias Studium läuft vorbildlich und schon jetzt beginnt sie, mit dem Tierheim hier Pläne zu machen, wie sie alles vergrößern und verbessern können. Latizia hat sich ihren Traum erfüllt. Dilara sieht den Stolz in den Augen ihrer eigenen Eltern, einen Stolz, den sie nicht verdient hat. Sie weiß zum Teufel noch nicht einmal, was eigentlich ihr wirklicher Traum ist.

Dilara sitzt schon seit einer Weile auf der Veranda und lehnt ihren Kopf an einen Holzpfeiler. Sie beobachtet, wie Musa, Sophie, Adán und Latizia sich unterhalten und dabei lachen. Sie weiß, dass sie das hätte haben können, dass sie da hätte stehen können und es ihre Schuld ist, dass dort jetzt Sophie steht. Doch sie weiß auch, dass es besser so ist und wendet sich ab.

»Ich gehe«, flüstert sie leise zu sich selbst, bevor sie zu ihrem Auto geht. »Wohin? Wir wollen noch in einen Club gehen, kommst du mit?« Ihr Bruder und die meisten ihrer Cousins steigen gerade in ihre Autos. »Nein, ich fahre nach Hause. Ich habe Kopfschmerzen, aber viel Spaß euch.« Sie sieht zu, wie sie langsam alle aus dem Tijuas-Gebiet fahren, als plötzlich Sophie an ihr vorbeigestürmt kommt. Sie geht blitzschnell zu ihrem Auto.

Während Dilara zu ihrem Auto geht, sieht Sophie noch einmal böse zu ihr, gibt dann Gas und rast weg. Sie spürt, wie Musa langsam aus dem Haus kommt, er hatte nicht vor Sophie aufzuhalten und sieht zu ihr. »Der erste Ehestreit?« Musa zuckt die Schultern. »Sie hat beobachtet, wie ich dir nachgesehen habe, sie ist nicht dumm und als sie mich gefragt hat, ob ich Gefühle für dich habe, habe ich sie nicht angelogen. Ich würde niemals lügen, was das angeht.«

Dilara spürt selbst, dass ihr Blick finster wird. Ihr Plan von heute vormittag, endlich die Nähe zu Musa zuzulassen, hat sich schon längst wieder erledigt. »Das hättest du ...« Aber nicht nur sie ist sauer. Sie hat Musa schon wütend erlebt, doch als er jetzt zu ihr kommt, die Autotür zuschlägt und sie an der Hand von Adáns Haus wegzieht, spürt sie, dass er kocht. »Mir reicht's!« Dilara würde ja gern etwas dazu sagen und sich losmachen, doch sie muss aufpassen, dass sie nicht stolpert, außerdem weiß sie genau, dass Musa ihr niemals wehtun würde, er bringt sie nur ein wenig von Adáns Haus entfernt zu seinem Haus, was mittlerweile fertig gebaut wurde.

Dilara kennt das Haus von Weitem, sie wollte darin leben. Es endet genau wie Adáns Haus am See, nur ein Stück weiter, sodass jeder den See auch ungestört für sich nutzen kann. Es ist fast genauso groß wie das von Adán und ziemlich gemütlich eingerichtet. Auch wenn man es nicht mit ihren Häusern vergleichen kann, sieht man doch, dass die Geschäfte der Tijuas auch sehr gut laufen.

Es ist mit dunklem Holzboden ausgelegt und hat helle Möbel, einfach gehalten und doch sehr gemütlich. Sie entdeckt vor der Terrassentür ein riesiges weißes Fell mit mehreren Kissen, man kann direkt auf den See blicken. Dilara geht dahin, man sieht von hier die Lichter aus Adáns Haus und hört gedämpft die Musik.

Musa aber ist noch immer sauer. Nachdem er seinen Schlüssel auf die Kommode geworfen hat, steht er hinter ihr und dreht sie blitzschnell zu sich um, sodass sie ihn ansehen muss. »Wieso hätte ich das wieder nicht tun sollen, Dilara? Erkläre es mir. Hätte ich sie anlügen sollen, so tun sollen, als wärst du mir egal? Das tue ich nicht, werde ich nie. Sophie ist eine nette Frau, doch leider habe ich mein Herz an eine Frau verloren, die vor mir und ihren Gefühlen wegläuft. Ich lebe damit, Dilara, aber erzähle mir nicht, was ich zu tun oder zu lassen habe und wie ich zu handeln habe.«

Dilara spürt selbst, wie sie bei seinen Worten zusammenzuckt. Er lächelt matt. »Ja, ich habe Gefühle für dich, Dilara, und auch wenn du es nicht merkst, ich bin für dich da. Ich sehe, dass es dir nicht gut geht und egal wie sauer ich bin, ich werde alles dafür geben, dass es dir gut geht, egal wie stur und uneinsichtig du bist. Akzeptiere es, ich habe Gefühle für dich, auch wenn du es nicht hören möchtest.« Er schmunzelt, als er immer näher kommt und merkt, dass sie sich am liebsten die Ohren zuhalten würde, doch gleichzeitig ist er wieder so nah und seine Worte lassen ihr Herz schneller schlagen.

»Willst du mir wirklich erzählen, ich wäre dir egal? Wenn du mir jetzt sagst, dass du keine Gefühle für mich hast, lasse ich dich in Ruhe, aber sage mir dann jetzt, dass du nichts für mich empfindest.« Dilara schluckt schwer, ihre Nasen berühren sich fast und ihr Gefühlsleben spielt verrückt. Sie könnte es sich so einfach machen und ihm sagen, was er hören will, doch sie bekommt diese Worte nicht über die Lippen. Sie kann nicht so tun, als würde sie nichts für ihn empfinden, doch ihr steigen Tränen in die Augen, als sie das erkennt und genau weiß, dass er so viel Besseres haben könnte.

Sie sieht, wie Musa weich wird, als er ihre Tränen sieht und wegweichen will, doch sie hält sein Shirt fest und legt ihre Hand an seine Wange. »Ich habe mein Leben nicht im Griff, in keinem Punkt, Musa. Ich bin keine Frau, die man lieben sollte oder mit der man sich etwas Ernstes erhofft.« Er lächelt mild und küsst ihre Handinnenfläche. »Das ist mir egal und es war nicht meine Frage. Hast du Gefühle für mich?«

Dilara schluckt, er drängt sie in die Ecke. Dabei weiß er ganz genau die Antwort und genau deshalb ist sie dann ganz ehrlich, vielleicht das erste Mal seit Langem und es fühlt sich gut an, einfach nur befreiend. »Ja, natürlich habe ich Gefühle für dich, du bist der allererste Mann, für den ich überhaupt etwas empfinde, aber ...«

Musa schüttelt den Kopf und Dilara spürt unter ihrer Handfläche, durch das Shirt hindurch, wie schnell sein Herz schlägt. »Kein Aber mehr ...« Musa küsst sie und Dilara kann nicht einmal so tun, als hätte ihr diese Nähe nicht gefehlt. Musa drückt sie gegen die Terrassentür und ihre Arme gehen in seinen Nacken und halten sich fest, als sie sich wieder so vertraut spüren. Sein Geschmack, sein Duft, seine ganze Präsenz, Dilara erkennt, wie sehr sie es vermisst hat, auch wenn sie es gut verdrängen konnte.

Musas Hände fahren ihre Wange entlang, während er sie küsst, über ihre Haare. »Du hast mir gefehlt.« Dilara tut es gut, plötzlich so ehrlich zu sein, als Musa sich kurz von ihren Lippen trennt. Er küsst ihre Wangen und lächelt. »Es gibt kaum einen Augenblick, wo ich nicht an dich denke, Eiskönigin.« Seine Hand wandert unter ihr Shirt und sie küssen sich immer verlangender.

Musa ist stark, er hebt sie hoch und sie zieht ihm sein Shirt aus. Dilara stöhnt leise auf, als er ihr das Shirt über den Kopf zieht und mit seinen Lippen ihre Brüste verwöhnt. Sie küsst seine Schultern und krallt sich an ihm fest, dann lässt er sie vorsichtig auf das weiße Fell unter sich ab und sieht sie an. Auch Dilara betrachtet ihn, er ist so ein hübscher und mächtiger Mann, seine Muskeln, das Tijuas-Tattoo an seinem Arm, das 'la familia tattoo' an seiner Rippe. Er ist so sexy, und doch sind es die liebevoll auf sie gerichteten Augen, die sie fesseln.

Er trägt nur noch seine Jeans und sie ihre Shorts. Als er sich jetzt wieder ihren Lippen nähert, weiß sie, dass sie das nicht mehr lange tragen werden. Er lächelt, bevor er sie küsst, ihr Atem geht mittlerweile schneller. »Jedes Mal wenn wir uns näher kommen, fliehst du danach noch mehr vor mir, aber ich schätze, ich muss dieses Risiko jetzt eingehen.« Dilara wird ihm nicht sagen, dass es dieses Mal nicht so ist, da sie es nicht weiß, doch sie weiß, dass sie ihn jetzt und hier nicht loslassen möchte und zieht ihn zu einem neuen, verlangenden Kuss an sich.

Dilara kann nicht genug davon bekommen, als Musa sich über sie legt und sie zu verwöhnen beginnt. Es ist nicht ihr erstes Mal, dass sie einem Mann nahe ist, doch es fühlt sich so anders an, echt, rein und aus ganzem Herzen. Sie könnte süchtig nach diesen Gefühlen werden, die sie bei dieser Nähe verspürt. »Was ist das?« Es piekt etwas in Dilaras Seite und Musa hebt das gefaltete Blatt hoch, das Dilara die ganze Zeit bei sich getragen hat. Auf einen Schlag sind alle Gefühle vergessen und Dilara starrt auf den Zettel, auf dem die Nummer ihres leiblichen Vaters steht. Auch Musa scheint diesen Umschwung zu merken und legt sich neben sie. Dilara legt ihren Kopf an seine Schulter und er zieht eine dünne Decke über sie beide, als er den Zettel öffnet und ihre Wange küsst. »Wer ist Amon?«

Dilara sieht auf den Zettel, den Musa hochhält und erzählt ihm was passiert ist, von dem plötzlichen Auftauchen und dass sie sich nicht traut ihn anzurufen. Musa zieht sie enger in seine Arme, nimmt sein Handy und wählt die Nummer. »Deswegen warst du vorhin so abwesend? Ich habe sofort gespürt, dass etwas nicht stimmt. Was hast du schon zu verlieren? Ich bin bei dir, hab keine Angst, er freut sich bestimmt.« Dilara sieht ihn die Nummer wählen und schüttelt panisch den Kopf. »Doch nicht um diese Uhrzeit, bist du ...« Es klingelt und Musa hält ihr das Handy hin. »Er hat dich offenbar lange gesucht, da ist es ihm jetzt sicherlich egal, wie spät du anrufst.«

Dilara kommt nicht mehr dazu, etwas zu sagen, da ist schon eine Männerstimme zu hören. Sie verbirgt ihr Gesicht in Musas Armen, als sie die Stimme ihres Vaters das erste Mal hört. »Hallo?« Musa verschränkt ihre Finger und gibt ihr Mut und Kraft. »Hallo. Hier ist Dilara ... Deine Tochter.«

Kapitel 7

Dilara hat kaum geschlafen und doch ist sie überhaupt nicht müde. Sie liegen noch immer auf dem Fell, nur mit einer dünnen Decke zugedeckt und noch immer haben sie beide nur noch unten herum etwas an. Musa schläft und hält Dilara fest in seinen Armen, als hätte er Angst, sie könnte ihm davonlaufen.

Dilara küsst seine Schulter. Sie hat gestern mit ihrem leiblichen Vater gesprochen. Sie hatte sich vorgestellt, dass es komisch sein würde, keiner wüsste, was er sagen soll, doch ihr Vater war überglücklich sie zu hören und hat gar nicht aufgehört, ihr Fragen zu stellen und sie zu bitten, ihn in Mexiko besuchen zu kommen, er möchte sie unbedingt sehen.

Trotzdem war es befremdlich mit ihm zu reden. Auch wenn es ihr Vater ist, ist er für sie ein Fremder, deswegen hat sie ihm versprochen, ihn die Tage wieder anzurufen, damit sie in Ruhe reden können. Er hat da unten eine Bar und war gerade am Arbeiten. Als Dilara aufgelegt hat, war ihr trotzdem etwas leichter ums Herz und sie hat Musa ein wenig über seine Familie ausgefragt. Er hat ihr erzählt, dass sein Vater früh gestorben sei und als Musa noch sehr klein war, hat seine Mutter einen neuen Mann geheiratet.

Er war ein Trinker und hat sie oft geschlagen, deswegen hat Musa auch keine Geschwister, der Stiefvater hat ihr zwei Kinder aus dem Bauch getreten. Dilara war schockiert, als Musa ihr all das so teilnahmslos erzählt hat. Er wurde älter und wollte seiner Mutter helfen. Immer öfter hat er sich gegen seinen Stiefvater gestellt, versucht ihn aufzuhalten, doch seine Mutter hat ihn immer davon abgehalten. Die Situation eskalierte immer häufiger, am Ende hat seine Mutter sich komplett gegen ihn gestellt.

Musa ist mit zwölf von zuhause abgehauen und hat von da an auf der Straße gelebt, er hat sehr bald Adán getroffen und sie haben sehr früh die Tijuas gegründet. Musa ist so abgeklärt gewesen, als er ihr davon erzählt hat, doch danach hat er sie eng an sich gehalten und hat verträumt mit einer Haarlocke von ihr gespielt und ihr gesagt, dass er genau deswegen unbedingt selbst eine richtige Familie haben möchte. Er will es besser machen, seine Frau auf Händen tragen und viele Kinder bekommen, für die er immer da sein wird.

Jede Frau hätte solch eine Aussage und den Blick, den er ihr dabei geschenkt hat, schmelzen lassen, Dilara hat sofort Panik in sich aufkommen gespürt. Kinder? Heiraten? Sie? Sie hat doch ihr eigenes Leben nicht im Griff. Dilara verdrängt diese Gedanken wieder schnell und kuschelt sich enger an Musa. Es war schön gestern, sie konnten gar nicht aufhören zu reden und sich zu küssen, irgendwann muss sie eingeschlafen sein. Die letzten Monate ... Dilara weiß gar nicht genau, seit wann sie dieses merkwürdige Gefühl mit sich herumträgt, dass sie nirgendwo richtig hingehört, keinen Boden unter den Füßen hat, ohne Halt durch die Welt wandert.

Auch wenn es Dilara Angst macht, muss sie zugeben, dass dieses Gefühl das erste Mal seit Langem verschwunden ist. Dilara liegt auf Musas Brust und lauscht seinem Herzschlag. Ist er ihr Halt? Und wieso bekommt sie allein beim Gedanken daran sofort wieder Panik, sie kann doch gar nicht normal sein.

»Guten Morgen, meine Süße.« Musas Stimme ist ein raues Schnurren und Dilara lacht, als er ihren Nacken entlang küsst. »Wie schön es ist, so wach zu werden.« Dilara beißt sich auf die Lippen und setzt sich auf seinen Schoß. Ihr ist bewusst, dass er sie jetzt verschlafen und oben herum völlig nackt betrachten kann, doch Dilara hat es nie an Selbstbewusstsein gefehlt. Sie genießt seinen Blick auf sich und streicht sich ihre Locken nach hinten, die um ihren Bauchnabel herum zu tanzen beginnen wollten.

»Ich weiß nicht, ob ich schon jemals so etwas Schönes gesehen habe, egal was kommt, ich werde diesen Anblick immer tief in meinem Herzen behalten.« Dilara zieht die Decke hoch, als Musa sich aufsetzt, um sie küssen zu können und hüllt sie beide darin ein. »Guten Morgen, mein Olaf.« Musa lächelt und Dilara vereint ihre Lippen endlich. Gestern waren sie beide sehr fordernd, auch wenn sie dann letztlich gar nicht miteinander geschlafen haben, jetzt sind sie einfach nur genießend. Dilara spürt, dass sie das möchte, sie will versuchen, Musa mehr an sich heranzulassen, doch bevor sie überhaupt noch zu etwas kommen, sieht Dilara aus dem Augenwinkel, wie jemand im Garten auf sie zukommt, sie liegen ja noch immer vor der verglasten Terrassentür.

»Wir wurden erwischt.« Latizia kommt auf sie zu und sieht sie verblüfft an. Dilara bindet sich die Decke um und Musa bleibt faul liegen. Dilara öffnet die Terrassentür. »Ich war gerade duschen, da hat Melissa mich versucht anzurufen und hat mir dann eine Nachricht geschrieben, ob du bei mir geschlafen hast, weil du nicht nach Hause gekommen bist. Ich hätte es zwar nicht gedacht, aber ich hatte so eine Vorahnung und dachte, ich guck mal lieber, bevor ich antworte.« Sie legt den Kopf schief und lacht leise. »Morgen, Musa!« Musa hebt die Hand und Dilara muss schmunzeln.

»Schreib ihr, ich habe mein Handy vergessen anzumachen.« Sie hören Adán von der Richtung seines Hauses. »Sag Musa, er soll sich bewegen, wir haben in zwanzig Minuten einen Termin.« Musa sieht auf sein Handy und flucht. »Setzt mehr Kaffee auf, wir frühstücken zu viert.«

Latizias Blick bleibt auf Dilara haften, während Musa aufsteht und Dilaras Wange küsst. »Ich bin schnell duschen, oder willst du zuerst?« Dilara lässt die Decke fallen und zieht sich schnell ihr Oberteil über. »Nein, geh nur. Ich dusche bei Latizia, ich brauche eh ein paar Klamotten von ihr.« Musa wollte Dilara am liebsten schnell wieder in der Decke verstecken, um ihren nackten Oberkörper zu verhüllen, was beide Cousinen allerdings nur hat lachen lassen. Dilara und Latizia kennen sich in- und auswendig, sie sind viel mehr als Schwestern und somit geht Musa schnell duschen, während Dilara und Latizia zu ihr hinübergehen.

Zwar sagt Adán nichts, doch er sieht ziemlich verwundert zu Dilara, als sie ihn begrüßt und in ihrer Dusche verschwindet. Zehn Minuten später sitzen sie zu viert auf der Terrasse und frühstücken. Man sieht, dass Adán die Frage auf der Zunge liegt, doch es kommt noch ein Mann dazu und berichtet ihnen von einem Vorfall in der letzten Nacht. Sie müssen sofort los, noch mit Brötchen in der Hand stecken sich Musa und Adán ihre Waffen in den Hosenbund und ihre Handys ein. Dilara weiß gar nicht, wie sie Musa verabschieden soll, doch das erledigt sich schnell, als er sich zu ihr beugt, ihr einen Kuss auf den Mund gibt und ihr sagt, dass er sie später anrufen wird. Danach gibt er Latizia einen Kuss auf die Wange, während Adán es genau umgekehrt macht, danach verlassen beide zusammen das Haus. Dilara ist sich sicher, dass nun Musa Fragen beantworten muss, genau wie sie, nur dass sie keine Antworten weiß und Latizias fragenden Blick schon auf sich spürt.

»Was genau bedeutet das jetzt?« Dilara schmiert sich etwas Marmelade auf das Croissant und zuckt die Schultern. »Dass wir uns gestern wieder etwas näher gekommen sind, erwarte jetzt bitte keine Zukunftsprognosen.«

Sie hofft, dass ihre Cousine es dabei belässt, doch Latizia denkt gar nicht daran. »Mir ist klar, dass Musa bis über beide Ohren in dich verliebt ist, Dilara, aber ich frage mich was mit dir ist? Ich meine, du hast ihn immer von dir gestoßen und jetzt hast du die Nacht mit ihm verbracht?« Dilara lehnt sich zurück. »Wir haben nicht miteinander geschlafen und Musa ist mir auch niemals egal gewesen. Ich möchte nur keine Beziehung führen.« Latizia sieht sie herausfordernd an. Eigentlich ist ihre Cousine eher ruhig und zurückhaltend, doch Dilara erkennt, dass sie das wirklich stört und sie versteht nicht wieso.

»Und jetzt bist du aber bereit, eine Beziehung mit ihm einzugehen?« Dilara wird langsam genervt. »Ich habe noch nicht richtig darüber nachgedacht, ich bin erst seit zehn Minuten wach.« Latizia schüttelt den Kopf. »Vielleicht hättest du darüber aber mal nachdenken sollen, Dilara, weil Musa eine Freundin hat, Sophie. Und sie meint es ernst mit Musa. Gestern hat sie mich noch gefragt, ob ich denke, dass etwas zwischen euch beiden ist und ich habe ihr erklärt, dass du nicht in Sierra lebst und du kein Interesse an festen

Beziehungen hast und sie sich keine Sorgen zu machen braucht, und dann finde ich euch beide so vor.«

Dilara wirft ihr Croissant zurück auf den Teller und funkelt Latizia böse an. Sie kann sich nicht daran erinnern, dass sie beide schon jemals Streit hatten, doch gerade muss sie sich wirklich beherrschen, nicht auf ihre Cousine loszugehen. »Ist das dein Ernst, Latizia. Du machst dir Gedanken wegen Sophie und machst mich deswegen an? Wäre sie seine Freundin, die er liebt, wäre das nicht passiert, das ist dir doch hoffentlich klar, oder hast du jetzt entschieden, dass Sophie besser für Musa ist als ich?«

Dilara steht auf, sie muss sich das am frühen Morgen nicht antun. »Das meine ich nicht, aber sie meint es ernst. Ich mag Musa und ich will nicht, dass er verletzt wird und ich kenne dich doch, Dilara ...« Dilara unterbricht sie, sie kann das nicht glauben, ausgerechnet Latizia stellt sich gegen sie. Sie hat immer, egal was war, egal wie dumm es war, wirklich immer hinter Latizia gestanden und kann nicht glauben, dass das gerade passiert.

»Ja, du kennst mich und ich bin so ein schlechter Mensch, dass ich mich lieber von Musa fernhalten soll? Vielleicht habe ich meine Meinung geändert, aber deiner Ansicht nach ist Sophie also besser ...« Latizia stoppt sie. »Nein, aber wie du sagst, vielleicht hast du ... für vielleicht und dass du dir nicht sicher bist, hättest du ihm nicht solche Hoffnungen geben ...« Dilara hebt die Hand und geht, sie muss sich das nicht anhören.

Ohne weiter auf Latizia zu achten, setzt sie sich in ihr Auto und gibt Gas. Sie weiß selbst, dass sie nicht zuverlässig ist, egoistisch, andere Menschen verletzt, ihr Leben ein reines Chaos, doch trotzdem hätte sie niemals gedacht, dass sich Latizia gegen sie stellt und ganz klar denkt, sie wäre nicht gut für Musa. Sie hat ja nicht einmal in Erwägung gezogen, dass sie es ernst meint, dass sie es zumindest versuchen möchte. Sie weiß selbst, dass sie eine beschissene Person abgibt, aber es von einem der wichtigsten Menschen in ihrem Leben so unter die Nase gerieben zu bekommen, tut trotzdem weh.

Dilara will am liebsten irgendetwas zerschlagen, als sie durch ihre Haustür und gleich hoch in ihr Zimmer eilt, doch ihr Vater sitzt im Wohnbereich auf der Couch, einen Brief in der Hand und redet mit jemandem am Telefon. Als er Dilara erblickt, winkt er sie zu sich und deutet ihr an, sich ihm gegenüber zu setzen.

Dilara will nicht, doch sie sieht Rodriguez an, dass irgendwas sein muss, deswegen setzt sie sich. Seine dunklen Augen liegen auf ihr und sie fühlt sich sofort klein und ertappt. Sie kennt diesen Blick, es ist der 'Was-hast-du-jetzt-schon-wieder-getan-Blick'. Ihre Mutter kommt mit Amalia auf dem Arm ins Zimmer, genau in dem Augenblick, als Rodriguez das Gespräch beendet.

»Ich verstehe, in Ordnung, ich werde das klären. Bis jetzt wusste ich noch von gar nichts. Wir melden uns dann noch einmal.« Er legt auf und sieht Dilara in die Augen. »Ich habe heute einen Brief von deiner Uni bekommen. Da du frühzeitig vor Beendigung des Probejahres aus der Uni verbannt wurdest, soll ich den kompletten Restbetrag mit einer Aufwandssumme zahlen. Ich habe gerade da angerufen und habe denen erzählt, dass sie sich irren müssen, meine Tochter hat mir von nichts erzählt, doch es ist kein Irrtum. Dein Notendurchschnitt liegt bei unter 4,5. Du hast über zehn Prozent der Arbeiten gar nicht abgegeben. Und du wurdest dann dabei erwischt, wie du deine Noten aufbessern wolltest, indem du etwas zu nett zum Lehrpersonal wurdest. Kannst du mir erklären, was da passiert ist und wieso wir nichts davon wussten? Offenbar hast du von Anfang an keine Lust gehabt. Wir haben ein kleines Vermögen zum Fenster hinausgeworfen, vielleicht hättest du uns einfach mal sagen können, dass du auch darauf keine Lust hast.«

Mit jedem Wort wird ihr Vater lauter und knallt zum Schluss das Telefon und den Brief auf den Glastisch vor sich, der sofort einen riesigen Sprung bekommt. »Ist das wahr, Dilara? Wieso hast du uns nichts gesagt? Ich dachte, das wäre genau das, was du wolltest?«

Dilara würde am liebsten ihre Ohren zuhalten und wegrennen. »Es tut mir leid, ich suche mir Arbeit und zahle euch das Geld zurück.« Rodriguez ist stinksauer. »Es geht mir nicht um das Geld, Dilara, ich scheiß aufs Geld. Es geht darum, dass du einfach dein Ding machst. Ohne an andere zu denken, ohne an Konsequenzen zu denken. Ich habe das Gefühl, du weigerst dich erwachsen zu werden. Und was soll das mit diesem Lehrer? Haben wir dich so erzogen?«

Dilara würde am liebsten zurückschreien, doch als sie in die enttäuschten Gesichter ihrer Eltern blickt, sieht sie auch Latizias Gesicht von heute morgen vor sich und sie erkennt, dass nun auch ihre Familie endgültig weiß, was für eine Enttäuschung sie ist. »Wenn nicht in zwei Tagen dein Appartement leergeräumt ist, werden alle Sachen in den Müll geschmissen, wir sollten uns darum kümmern, sofort!« Sie hatten ihr doch mehr Zeit gegeben, offenbar haben sie ihre Meinung geändert.

»Ich mache das schon, alleine. Es tut mir leid, es tut mir leid, dass ich euch mal wieder enttäuscht habe und nein, so habt ihr mich nicht erzogen, aber wie ihr wisst, bin ich eh anders als alle anderen Mädchen aus der Familie. Aber hey was soll's, ihr habt ja jetzt Amalia, ich wünsche euch, dass sie eure perfekte Tochter wird.« Dilara geht ohne sich noch einmal umzudrehen hinaus, sie nimmt ihre Handtasche, in der ihr Pass ist und noch genug Geld von Sanchez, um sich ein Ticket zu holen, mehr braucht sie nicht. Sie fährt mit ihrem Auto zum Flughafen. Den ganzen Weg über hat sie ein mieses Gefühl im Magen.

Es ist eine Sache, von sich und seinem Leben selbst enttäuscht zu sein, zu spüren, dass es auch die Menschen sind, die einem so wichtig sind, verletzt sie wirklich, mehr als sie es gedacht hätte. Dieses Gefühl wünscht sie niemandem. Und als sie dann am Flughafen einen Flug mit Zwischenstopp nimmt, nur um sofort abfliegen zu können, tut sie nicht einmal so, als würde sie nicht einfach nur weglaufen wollen.

Sie sieht auf ihr Handy, kein Anruf, nichts. Doch sie weiß, dass sie noch einen tätigen muss, bevor sie losfliegt. Ihr Herz krampft sich zusammen, als Musa bereits nach dem zweiten Klingeln abnimmt. »Hey Schneekönigin, ich wollte dich auch gleich anrufen. Wo bist du?« Dilara schließt ihre Augen. »Am Flughafen.« Sie hört wie er stockt. »Das ist nicht dein Ernst, oder? Dilara ...« Sie kann ihre Tränen nicht mehr zurückhalten. »Ich muss nach Chile und noch einige Dinge klären, ich ...« Musa wird laut und sie hört die Wut aller Dinge, die zwischen ihnen schief gelaufen sind, in seiner Stimme. Es wird still um ihn herum. »Nein, Dilara! Ich meine es ernst, wehe du gehst jetzt wieder weg. Setz dich ins Auto und komm zurück. Du kannst nicht schon wieder abhauen, nicht nochmal!«

Dilaras Flug wird aufgerufen. »Ich muss los, ich melde mich, wenn ...« Musa unterbricht sie. »Nein! Wenn du jetzt in das Flugzug steigst, dann melde dich nicht mehr, so eine verdammte ...« Sie hört es knallen und dann rauschen und ist sich absolut sicher, dass Musa das Handy in seiner Wut gegen irgendetwas geworfen und es zerstört hat. »Ist alles in Ordnung?« Dilara weint und spürt selbst, wie sehr sie dabei erzittert. Es ist sehr selten, dass Dilara weint, sehr selten, doch jetzt kann sie nicht mehr an sich halten und steigt schnell ins Flugzeug.

Es dauert, bis sie sich etwas beruhigt. Erst als sie Puerto Rico und alle Menschen, die so enttäuscht von ihr sind, weit hinter sich gelassen hat, kann sie wieder besser durchatmen.

80

Kapitel 8

Miguel sieht schnell in den Spiegel, schnappt sich seinen Auto-schlüssel und läuft fast in Latizia hinein. Er blickt in das besorgte Gesicht seiner Cousine, die gerade zu ihnen ins Haus wollte. »Was ist los, Latizia, solltest du als frisch Verlobte nicht strahlen vor Glück?« Sie nickt, aber trotzdem sieht sie ihn besorgt an. »Hast du etwas von Dilara gehört?«

Miguel zuckt die Schultern. »Nein, sie ist vor ein paar Tagen nach Chile, um ihr Appartement aufzulösen, oder? Zumindest habe ich das gehört, kommt sie nicht spätestens am Wochenende zur Tau-fe?« Latizia nickt.

»Ja, aber keiner kann sie erreichen, sie hat ihr Handy aus und langsam machen wir uns Sorgen. Wir hatten Streit … und sie ist auch heftig mit ihren Eltern aneinandergeraten, seitdem ist ihr Handy aus. Rodriguez sagt, er wartet noch das Wochenende ab, dann fliegt er nach Chile, um nachzusehen was los ist. Sie ist bestimmt sauer und sie hat vollkommen recht, ich habe mich falsch verhalten und dazu hat sie jetzt noch Ärger mit ihren Eltern. Ich wusste nicht einmal, dass ihr richtiger Vater plötzlich aufge-taucht ist. Ich war so beschäftigt und habe nicht gemerkt, wie schlecht es ihr geht. Sie war immer für mich da, damals, wo das alles passiert ist mit Bara und mir. Ich habe sie ungerecht behan-delt und war nicht für sie da.«

Latizia ist ganz aufgelöst und Miguel zieht die Augenbrauen zusammen. »Dilara und du? Ihr habt euch doch noch nie gestrit-ten.« Latizia steigen die Tränen in die Augen und sie nickt. »Mach dir keine Sorgen, Dilara kommt jeden Moment zurück. Sie ist sicher ein wenig sauer und schmollt, aber sie weiß, was sie tut. Ich rufe sie an und wenn ich etwas weiß, sage ich dir Bescheid. Mach dir keine Sorgen, okay? Ich muss los, aber wenn ich etwas höre, melde ich mich.« Er gibt Latizia einen Kuss und geht schnell zum Auto. »Ruf sie an, Miguel, du weißt, dass sie auf dich hört.«

Miguel nickt und steigt schnell ins Auto. Zwar ist er nicht richtig verabredet, doch er hat sich endlich einen Ruck gegeben und will zu Shanice. Er muss zugeben, dass er das seit ihrer Aussprache oder vielmehr seitdem er sich ihr komplett geöffnet hat, aufgeschoben hat. Klar hatte er auch viel zu tun, doch wollte er auch etwas Zeit vergehen lassen, nachdem sie nun alles weiß. Eigentlich wollte er letzte Woche schon vorbeigehen, doch er hat es noch etwas aufgeschoben. Gleichzeitig hat er ständig an die schöne Psychologin denken müssen, deswegen hat er auch beschlossen, heute zu ihr zu fahren und hat sich deswegen gleich nach dem Mittagessen auf den Weg gemacht, bevor er es sich doch noch anders überlegt.

Miguel nimmt sein Handy heraus und wählt Dilaras Nummer. Es klingelt nicht, der Anrufbeantworter geht gleich an und er lächelt. Er liebt Dilara sehr, sie ist für ihn etwas ganz Besonderes. »Hey Curly, ich habe gehört, dass du gerade ganz Sierra verfluchst, aber du weißt, dass ich dich liebe, also melde dich.« Er weiß, dass er sie so zum Lächeln bringt, wenn sie es abhört und dass sie sich bei ihm melden wird.

Er parkt seinen Wagen vor dem Gebäude der Psychologin und atmet einmal durch. Im Fahrstuhl sieht er noch einmal in den Spiegel, es fühlt sich merkwürdig an. Shanice ist die einzige Person, die wirklich alles weiß, was passiert ist. Leandro und Sami wissen ein wenig, aber nicht so ausführlich wie nun Shanice. Miguel kann nur hoffen, dass sie ihn noch immer mit den gleichen Augen wie vorher sieht. Sie hat ihn einen stolzen Mann genannt und Miguel hofft, dass sich dieser Blick auf ihn nicht geändert hat.

Er betritt den leeren Wartebereich, wieder ist niemand am Empfang. Miguel will sich gerade setzen, als er ein merkwürdiges Röcheln und ein leises Flüstern aus dem Behandlungsraum wahrnimmt. Er geht zur Tür und als er etwas zu Boden fallen hört, tritt er ohne weiter darüber nachzudenken ein.

Der Mann, den Miguel schon einmal hier angetroffen hat und nach dessen Behandlung Shanice sehr verwirrt war, hockt über

Shanice, die er zu Boden drückt und würgt. Miguel reagiert blitzschnell und reißt den Mann von ihr herunter, er hört sie panisch nach Luft schnappen und schlägt den Kerl gegen die Wand. »Was soll das, du kranker Mistkerl?« Wieder hat der Mann dieses krankhafte Lächeln im Gesicht, als wäre gar nichts passiert. Miguel schlägt ihm so hart ins Gesicht, dass er Blut ausspuckt, erst dann sieht er aus dem Augenwinkel, wie Shanice sich langsam aufsetzt und die Hand hebt.

»Lass ihn, Miguel! Viktor, das war nicht in Ordnung. Sie hatten versprochen, Ihre Gefühle in den Griff zu bekommen.« Miguel sieht sich verwundert nach Shanice um, sein Herz zieht sich zusammen, als er sie so verletzt dort auf dem Boden sitzen sieht. Sie ringt um Fassung und doch versucht sie sich nichts anmerken zu lassen. »Aber Sie haben doch gesagt, ich soll Ihnen zeigen und erklären, was in meiner Fantasie passiert.« Shanice ist am Ende ihrer Kräfte und Miguel schubst den Mann aus dem Raum. »Verschwinde jetzt, bevor ich mal meine Fantasie an dir auslebe, du Stück Scheiße.«

Der Mann geht und Shanice ruft ihm geschwächt hinterher. »Wir besprechen das nächste Woche, Viktor.« Miguel ist auf dem Weg zu ihr und stockt. »Nächste Woche? Ist das dein Ernst?« Doch dann sieht er, wie sie schmerzhaft die Augen zusammenkneift und ihren Hals umfasst. Er kniet sich zu ihr hinunter. »Zeig her.« Miguel nimmt vorsichtig ihre schlanken Finger von ihrem Hals. Wut steigt in ihm hoch, als er die Würgemale sieht, noch immer fällt Shanice das Atmen schwer. Sie sieht ihn gar nicht richtig an und er hört, wie schnell ihr Herz schlägt.

»Komm, steht auf, ich bringe dich zu einem Arzt.« Er hält ihr seine Hand hin, doch sie schüttelt den Kopf, noch immer kämpft sie darum, nicht die Fassung zu verlieren. »Es geht schon, ich habe keine Termine mehr, ich fahre nach Hause und nehme ein Bad ...« Shanice greift in ihre Haare und zieht sich den Haargummi heraus. In schönen braunen Wellen fallen sie ihr bis tief in den Rücken, ihre Brille liegt zerbrochen auf dem Boden und sie sieht ihn aus ihren schönen Mandelaugen an. Sie steht total unter Schock.

Miguel hat wieder Kontakt zu Frauen und schläft auch mit ihnen, doch er lässt sie dabei nicht zu nah an sich heran. Richtig umarmen kann er nur seine Cousinen oder Tanten, doch jetzt nimmt Miguel darauf keine Rücksicht, als er Shanice in seine Arme zieht. »Komm her, du zitterst total. Es ist gut, ich bin jetzt da und der Typ ist weg.« Shanice wollte das zwar mit Sicherheit nicht, doch als er sie jetzt hält, lässt sie endlich los, legt ihren Kopf an seine Schulter und weint. »Wärst du nur fünf Minuten zu spät gekommen ... Ich dachte, dass unsere Sitzungen ihm schon geholfen hätten, doch das, was ich heute gesehen habe, ist noch schlimmer als am Anfang. Ich habe Angst, was passiert, wenn er seine Fantasien anfängt auszuleben.«

Shanice zittert und Miguel beißt die Zähne zusammen. Es ist komisch, einer Frau wieder so nah zu sein, doch es ist Shanice und sie braucht ihn jetzt. Er streicht beruhigend über ihren Rücken. »Du solltest den Mistkerl der Polizei melden und gut ist. Komm nicht auf die Idee, den noch einmal in deine Nähe zu lassen.« Shanice entweicht etwas aus seinen Armen und sieht ihn an. Miguel kann nicht anders, er streicht ihr einige Tränen aus ihrem hübschen Gesicht. »Das ist doch meine Arbeit, Miguel. Ich muss ihm helfen, damit er anderen Frauen nicht wehtut. Alles was er mir erzählt, fällt unter die Schweigepflicht und ...« Das Telefon klingelt und sie zuckt erneut zusammen, das alles war zu viel für sie.

»Komm erst einmal, ich bringe dich hier weg.« Wahrscheinlich spürt Shanice auch, dass sie sich beruhigen muss. Sie verlassen das Büro, Shanice nimmt nur ihre Handtasche und schließt ab, sie setzt sich eine Sonnenbrille auf. Miguel holt den Fahrstuhl. Als sie allein darin sind, sieht er noch einmal auf die Würgemale, die noch immer an ihrem Hals zu erkennen sind.

Shanice zittert noch immer, als sie unten ankommen und sie nach ihrem Autoschüssel kramt. Miguel bringt sie zu seinem Auto und zum Glück scheint sie vernünftig genug zu sein, selbst zu merken, dass sie nicht in der Lage ist, sich ans Steuer zu setzen. Sie nennt ihm ihre Adresse und Miguel beruhigt es, als er sieht, dass sie in der Nähe des Einkaufszentrums in einem der neugebauten Komplexe wohnt, die alle einen Pförtner zur Sicherheit haben. Miguel bringt sie hoch in ihre Wohnung.

Shanice hat ihm bereits erzählt, dass sie ihren Job liebt und ihn nicht wegen des Geldes macht. Wenn man bedenkt, dass sie eine Psychologin ist, ist ihre Wohnung zwar sehr gemütlich, aber nicht sehr teuer eingerichtet. Miguel gefällt es. Die Wohnung sagt viel über Shanice aus, die sich sofort vor den Spiegel stellt und sich die Wunden an ihrem Hals ansieht. Miguel geht in das kleine Bad und lässt warmes Wasser in die Badewanne.

Er sieht auf Shanice, ihre zarte Gestalt, ihr großes Herz und wie ihr wieder Tränen kommen, als sie sich im Spiegel ihren Hals ansieht. Er hat einfach das dringende Bedürfnis, sich um sie zu kümmern. Er findet einige Schaumbäder an der Seite und gießt eines davon ins warme Wasser. Er sieht eine Jogginghose und ein Top über einem Ständer hängen und geht zu Shanice an den Spiegel.

»Lass es, die gehen von alleine weg. Nimm ein Bad, hast du Hunger? Ich kümmere mich so lange darum.« Shanice sieht ihm über den Spiegel in die Augen und nickt schwach, dann wischt sie sich zwei Tränen weg. »Danke, dass du mir geholfen hast und jetzt da bist.« Miguel lächelt matt und schiebt sie vorsichtig in Richtung Badewanne. »Gerne, dafür brauchst du mir nicht zu danken.« Er schließt die Tür hinter sich, als er das Bad verlässt und sieht sich in der kleinen Wohnung um.

Shanice hat ein kleines, gemütliches Wohnzimmer, es ist alles sehr feminin eingerichtet, beige, weiß, rosa und lila finden sich überall wieder. Er geht zu einer Anrichte, auf der mehrere Bilder stehen, überall ist Shanice drauf. Mit ihren Eltern, mit Freunden, am Tag ihres Abschlusses. Miguel kann sich nicht sattsehen, sie ist so wunderschön.

Er geht in ein kleines Schlafzimmer, worin man sich kaum bewegen kann, dafür sieht das Bett sehr gemütlich aus. Dann ist da der Flur, wo einige Bilder hängen, die alle mit Shanice' Initialen unterschrieben sind. Malen tut sie also auch noch. Dann gibt es das Bad und die Küche, in der man gleich erkennt, dass Shanice gern kocht. Miguel kratzt sich am Kopf und sucht nach einem Topf und Nudeln. Im Gefängnis hat er sich einiges vom Kochen zeigen lassen, sie hatten nichts Besseres zu tun. Er setzt die Nudeln auf und schneidet einiges an dem vorhandenen Gemüse klein, dann versucht er, die leckere Soße von Santana nachzukochen. Als er schließlich abschmeckt, findet er, dass es ihm sehr gut gelungen ist.

Miguel füllt zwei Teller voll und bringt sie ins Wohnzimmer, genau in dem Moment, als Shanice aus dem Bad kommt.

Sie sieht schon viel besser aus, nein, um ehrlich zu sein, sieht sie viel zu verführerisch aus in der Jogginghose und dem engen Top. Die vom Wasser feuchten Haare und das wunderschöne ungeschminkte Gesicht bringen Miguel auf Gedanken, die er schnell von sich schiebt, als sie ihn anlächelt. »Das riecht wunderbar, wo hast du kochen gelernt?«

Sie setzen sich auf die Couch und Miguel erklärt ihr, dass er es ein wenig im Gefängnis gelernt habe, es aber nicht so gern macht. Shanice schmeckt es und Miguels Herz schwillt immer mehr an, je mehr Zeit er mit ihr verbringt, je länger er sie ansieht. Ihm gefällt es auch, dass sie alles zu akzeptieren scheint. Er hat seine Waffe auf ihrer Anrichte und sie kümmert sich nicht darum, sie kennt seine wahre Geschichte und trotzdem scheint auch ihr seine Nähe gut zu tun.

Shanice erzählt ihm von dem Mann. Er hat Fantasien, wie er Frauen tötet, sie zu Tode würgt und ist deswegen bei ihr in Behandlung. Bisher sind es noch Fantasien, dass er sie jetzt angegriffen hat, ist ein großer Rückschritt für sie. Sie hat Angst, dass er seine Fantasien ausleben könnte, bevor sie ihm helfen kann. Miguel versucht ihr zu erklären, dass sie aber auch an ihre Gesundheit denken muss, sie darf sich nicht in Gefahr begeben und sie muss auch damit rechnen, vielleicht nicht jedem helfen zu können.

Miguel erkennt schnell, dass Shanice eine Person ist, die ihren Drang zu helfen über ihre eigene Sicherheit stellt. Sie haben aufgegessen und Shanice lehnt sich gemütlich in ihrer weichen Couch zurück, während sie sich unterhalten. Miguels Handy klingelt und unterbricht sie. Er geht in den Flur, als er erkennt, dass es Damian ist. Sie haben einen wichtigen Geschäftspartner verloren, weil sie eine Weile keine Zeit hatten, sich um ihn zu kümmern. Sie wollen morgen nochmal zusammen hinfahren und mit ihm reden. Außerdem fragt ihn sein Cousin nun auch, ob er etwas von Dilara gehört hätte, doch Miguel verneint dies nur und erklärt auch ihm, dass er sich keine Sorgen machen solle.

Trotzdem ruft auch er, nachdem er aufgelegt hat, noch einmal seine Cousine an, wo sich wieder nur der Anrufbeantworter meldet. Als er zurück ins Wohnzimmer kommt, ist Shanice zwischen all den weichen Kissen eingeschlafen. Miguel lächelt, als er auf das friedliche Bild sieht. Er bringt die Teller in die Küche und holt eine dünne Decke aus dem Schlafzimmer. Als er sie aber über den zarten Körper von Shanice legt, weiß er, dass er aufstehen und gehen sollte, er kann es aber nicht.

Er betrachtet sie, für ihn ist sie perfekt, wunderschön. Miguel hat die Nähe von Frauen wieder zugelassen. Allerdings nimmt er sie immer nur von hinten, er kontrolliert, dass sie sich nicht zu viel berühren und dass er die Kontrolle über alles hat. Er fasst sie an, lässt die Frauen aber nicht zu sehr an sich heran, doch er spürt, dass er genau das jetzt bei Shanice probieren möchte. Vorsichtig legt er sich neben sie, fast schon automatisch kuschelt sie sich gleich eng an ihn.

Sein Herz schlägt schneller, kurz bekommt er Panik, als sie ihm so nah ist, doch dann fühlt und riecht er Shanice, sieht in ihr Gesicht und beruhigt sich. Miguel hält sie in seinen Armen und breitet die Decke über sie beide aus, während er diese neue Nähe zu genießen beginnt.

Shanice öffnet verschlafen die Augen und blickt ihn an, doch sie weicht nicht zurück. Sie ist sicher noch im Halbschlaf, als sie ihre Hand an seine Wange legt. Miguel hat keinen Platz um zu entweichen und er will es auch gar nicht. »Ich habe noch nie einen so hübschen, stolzen und starken Mann wie dich getroffen. Ich habe das Gefühl, mir kann bei dir gar nichts passieren.« Miguel kommt nicht dazu zu antworten, da berühren sich ihre Lippen und Shanice küsst ihn zärtlich.

Dieses Mal ist es Miguel, der leicht zittert, als er diese Nähe nach so langer Zeit wieder spürt, doch im selben Augenblick schmeckt er ihren süßen Geschmack und schließt die Augen, um sie noch mehr zu spüren. Er küsst sie zurück, nicht fordernd, zärtlich, genießend, dieses Gefühl und Shanice lassen sein Herz rasen. »Du tust mir so gut.« Shanice öffnet die Augen nach dem Kuss nicht mehr, sondern legt ihren Kopf lächelnd an seine Brust, wo sie sofort wieder schläft. Miguel lehnt sich ebenfalls zurück und versucht zu verstehen, was genau da zwischen ihnen gerade passiert.

»Hey, du bist ja endlich mal aufgestanden.« Marie kommt aus ihren Kursen zurück. Dilara steht in der Küche und trinkt einen Kaffee. Sie fühlt sich so miserabel wie sie aussieht. Zwei Tage hat sie alles aus ihrem Appartement verkauft, das Geld hat sie sofort auf das Konto ihres Vaters überwiesen. Sie will versuchen, all ihre Dummheiten wieder gutzumachen, doch sie weiß, dass ein paar tausend Dollar da noch lange nicht reichen. Sie hat sich dann einige Tage bei Marie verschanzt. Sie will nichts mehr hören oder wissen, ihr Handy hat sie seit dem Flug nicht einmal mehr eingeschaltet, doch sie weiß, dass sie langsam etwas tun muss. Sie muss zurück, doch es fühlt sich so schlecht an.

Sie schämt sich viel zu sehr, allen wieder unter die Augen zu treten. Natürlich wird keiner etwas sagen, doch denken tun alle das Gleiche. Dilara hat mal wieder vollkommen versagt. Dass sie Musa wieder vor den Kopf gestoßen hat, war ja auch allen bereits klar.

Es wird ihr sehr schwerfallen, so allen wieder unter die Augen zu treten.

»Und? Fliegst du jetzt nach Hause? Meinst du, dein Vater hat sich beruhigt?« Dilara nimmt noch einen Schluck Kaffee und genau in diesem Moment kommt ihr eine Idee. Sie zieht den Zettel aus ihren Portemonnaie und leiht sich kurz Maries Handy. Es tutet nur kurz und sie lächelt, als sich eine verschlafene Männerstimme meldet. »Hi, hier ist Dilara ...«

Miguel wünschte sich, er hätte am nächsten Morgen einfach seine Augen zugelassen, doch er hat schnell gemerkt, dass Shanice nicht mehr in seinen Armen liegt. Sie war im Bad und hat sich bereits fertig gemacht. Sie hat ihm nur kühl einen guten Morgen gewünscht, während er sich schnell frisch gemacht hat und ihm einen Kaffee eingegossen, allerdings während sie ihren Anrufbeantworter im Büro abgehört hat.

Miguel hat selbst seinen Termin mit Damian, doch als sie dann, ohne ein weiteres Wort zu wechseln, aus der Wohnung gehen, reicht es ihm. Sobald sie aus dem vollen Fahrstuhl hinaus sind und auf der Straße halten, hält er Shanice am Arm fest und dreht sie zu sich. »Was ist los, wieso bist du ein komplett anderer Mensch heute morgen? Habe ich etwas falsch gemacht?«

Shanice sieht zu Boden, vor ihm steht wieder die abgeklärte Psychologin. »Nein, du nicht. Ich bin dir sehr dankbar für gestern, aber ich verhalte mich einfach unprofessionell. Gestern mit dem Mann und mit dir, du bist mein Patient und ich ….« Miguels Wut kocht sofort hoch. »Ich bin nicht dein Patient, wie oft noch?« Shanice hebt die Arme. »Es ist meine Schuld, ich hätte mich nicht darauf einlassen sollen.«

Sie dreht sich um und geht. Miguel sieht ihr fassungslos hinterher. Er kocht vor Wut. Was denkt sie sich, was für ein Hampelmann er ist? Miguel steigt in seinen Wagen und startet laut den Motor. Er verflucht sich selbst dafür, wie weich und dumm er für diese Frau geworden ist und schwört sich, dass ihm ein derartiger Fehler nicht noch einmal passiert.

Kapitel 9

»Hi, hast du die Sachen bekommen?« Dilara stellt die Tüte mit den Früchten auf den Tresen. Sie ist jetzt seit einer Woche in Mexiko. Es war eine spontane Idee, statt nach Sierra zurückzukehren, ihren leiblichen Vater anzurufen und ihn zu fragen, ob sie bei ihm für eine Weile unterkommen kann. Ihr Vater hat sich gefreut und sofort eingewilligt. Dilara war nur wenige Stunden später bei ihm.

Es war merkwürdig, sie hat solche Szenen öfter im Fernsehen gesehen, dort haben sich die Tochter und der Vater jedes Mal weinend in den Armen gelegen. Als sie in der Bar angekommen ist, die ihrem Vater gehört, war ihre Begrüßung sehr zurückhaltend. Er hat sich unverkennbar gefreut sie zu sehen, ihr sehr oft gesagt, wie hübsch sie sei und dass sie ihrer Mutter sehr ähnlich sehe, doch letztlich waren sie zwei Fremde, die sich gegenüberstanden.

Ihr Vater hat ein hübsches Gesicht, trotzdem ist er so anders als Rodriguez. Er ist etwas älter, hat bereits graue Haare und ist eher etwas rundlicher, trotzdem erkennt man, dass er sicher mal sehr attraktiv war und ihre Mutter deshalb eine Nacht mit ihm verbracht hat, wobei sie gezeugt wurde.

Es war interessant, ihr Vater hat über seiner Bar eine kleine Wohnung, wo er ein Klappbett für Dilara aufgestellt hat. Er selbst schläft auf einer alten Couch. Er hat ihr Bilder seiner Familie gezeigt, doch Dilara hat sich in niemandem davon wiedererkannt. Sie hat wahrscheinlich wirklich fast alles von ihrer Mutter vererbt bekommen. Doch trotzdem hat sie sich sofort befreiter gefühlt, diesen Druck abgelegt, etwas beweisen zu müssen. Hier gibt es niemanden, mit dem sie verglichen wird.

Sie hat vom ersten Tag an in der Bar mitgeholfen und sich ziemlich schnell eingelebt, doch jetzt nach einer Woche spürt sie das erste Mal, dass ihre Familie ihr fehlt, genau hier und jetzt. In Chile ging es, vielleicht weil sie ja wenigstens mit ihnen telefonisch Kontakt hatte, doch seitdem sie Sierra verlassen hat, hat sie ihr Handy nicht mehr eingeschaltet und spürt immer mehr, wie sehr ihr alle fehlen. Was sie jetzt über sie denken? Es muss ihren Eltern doch unangenehm sein, allen erklären zu müssen, dass Dilara mal wieder versagt hat und nun wieder weggelaufen ist. Wenn es eine Disziplin gibt, worin sie wirklich gut ist, dann ist es die, vor ihren Problemen davonzulaufen. Sie weiß es, doch sie kann es auch nicht ändern.

Dilara ist fast schon ein Felsbrocken vom Herzen gefallen, als Amon ihr gestanden hat, dass auch er einige Male vor wichtigen Dingen davongelaufen ist. Vor einer Frau, die er heiraten sollte, er hat die Schule abgebrochen und hatte auch ewig keinen Kontakt zu seiner Familie. Er hatte drei Bars, bis er diese jetzt eröffnet hat, und erst seit einigen Jahren ist er ein wenig sesshaft geworden. Nun weiß Dilara auch, von wem sie diese Eigenschaft hat.

Amon fragt sie viel über ihre Mutter aus, über ihre Karriere, ihr Leben und als sie ihm gesteht, dass sie zur Zeit allen Kontakt mit ihr und den anderen abgebrochen hat, stimmt er ihr auch zu, dass es vielleicht besser so ist. Ihr Vater kifft viel, sehr viel, ständig hat er einen Joint im Mund. Dilara hat auch schon beobachtet, wie er Tabletten zu sich genommen hat, doch es geht sie nichts an und sie sollte sich da nicht einmischen. Sie hat es sich schon in Sierra mit fast allen verdorben und sollte versuchen, hier nicht sofort negativ aufzufallen.

Amon gibt ihr das Gefühl, dass sie willkommen ist. Er stellt sie stolz seinen Stammkunden vor, hier trifft sich sehr gemischtes Publikum. Nachmittags kommen manchmal Leute aus den umliegenden Büros und essen ihr Mittagsgericht, was ihr Vater täglich zubereitet, doch der Betrieb fängt erst abends richtig an, dann kommen junge und alte Leute, spielen Dart und Karten und trinken ihre Biere und Cocktails, die Bar hat jede Nacht bis zwei Uhr geöffnet. Dilara kellnert und da fast alle wissen, dass sie die Tochter des Besitzers ist, gucken zwar viele, aber sie muss sich keine dummen Kommentare anhören.

Heute hat sie ein paar Dinge für die Küche besorgt. Es war das erste Mal, dass sie sich ein wenig in der Gegend umgesehen hat, aber auf den ersten Blick unterscheidet sich nicht sehr viel zwischen Puerto Rico und Mexiko.

Als sie zurückkommt, sitzt ein Mann bei ihrem Vater an der Bar und Amon legt den Arm um Dilara. »Hugo, das ist Dilara. Hab ich dir zu viel versprochen? Sie sieht aus wie Melissa.« Der andere Mann betrachtet sie von oben bis unten, Dilara fühlt sich sofort unwohl. »Stimmt, Amon, ich muss mich entschuldigen. Ich dachte all die Jahre, deine Geschichte wäre erfunden und jetzt ... siehe da. Hast du auch so viel Talent wie deine Mutter?« Amon kommt ihr zuvor. »Ich sage dir doch, ich habe sie singen gehört beim Abwaschen, sie ist noch viel besser.«

Die Männer mustern sie. Dilara versteht nicht so ganz, was hier gespielt wird, doch sie hält sich zurück. Sie kennt das Interesse an ihrer Mutter seit ihrer Kindheit, sie singt nur selten, manchmal wenn sie vor sich her träumt, bei der Hausarbeit, aber vielleicht sollte sie darauf auch in Zukunft verzichten. Sie hasst es, mit ihrer Mutter verglichen zu werden, sie sieht sich eher immer als eins, als dass einer besser oder schlechter als der andere ist. »Okay, von mir aus, dann machen wir später mal einen Test ...« Dilara nimmt sich ein Tablett und geht vom Tresen weg, um die Männer schnell wieder unter sich zu lassen.

Momentan genießt sie es, viel zu tun zu haben, so kommt sie nicht dazu nachzudenken und an Sierra zu denken. In einer Ecke sitzt ein Paar, ein dunkler Mann mit einer Blondine auf seinem Schoß. Automatisch muss Dilara an Musa und Sophie denken. Ob sie sich wieder vertragen haben? Musa war so wütend, dass er garantiert alles verflucht, was mit Dilara zu tun hat. Traurig beobachtet sie einen kleinen Augenblick die beiden und denkt an die Nacht und den Morgen zurück.

Sie vermisst seine Nähe, das kann sie gar nicht mehr abstreiten, doch auch sie hat genau wie Latizia erkannt, dass es besser für Musa ist, wenn sie sich von ihm fernhält. Sie kann es nicht verhindern, ihn immer wieder zu verletzen, auch wenn sie es gar nicht möchte.

Leider bleibt das Pärchen bis kurz vor Schluss und somit beobachtet sie Dilara die ganze Zeit. Als sie dann endlich die Bar verlassen, sieht Dilara ihnen hinterher und spürt, dass sie Musa und seine Nähe nicht nur vermisst, es ist mehr. Vielleicht ist das der Grund, warum sie sich immer wieder von ihm ferngehalten hat, weil da mehr als ein paar leichte Gefühle sind. Dilara hat sich in Musa verliebt, sie liebt ihn. Jetzt hier in Mexiko erkennt sie es plötzlich ganz klar und es verwundert sie auch nicht, dass sie jedes Mal so abweisend auf ihn reagiert hat, sie hat sich von klein auf geschworen, sich nicht zu verlieben. Keinen Mann zu nah an sich heranzulassen und jetzt bemerkt sie, dass sie dabei gescheitert ist. Musa hat sich tief in ihr Herz gebrannt und steckt unter ihrer Haut.

»Hey, du bist heute so verträumt, komm, wir haben noch etwas vor.« Dilara wird aus ihren Gedanken gerissen und sieht verwundert zu Amon, der die Bar schließt. »Jetzt?« Es ist noch viel zu früh, die Bar hat normalerweise noch über eine Stunde offen, doch Amon scheint alle hinausgeworfen zu haben.

»Was haben wir noch vor?« Er führt sie zum Seitenausgang, Dilara kommt gerade mal dazu, ihre Handtasche an sich zu nehmen. »Lass dich überraschen.« Er bringt sie durch einige kleine Straßen auf einen großen Platz. Fast jeder hier grüßt Amon, er scheint sehr bekannt zu sein. Es ist hier ein ähnlich buntes Treiben wie bei ihnen nachts. Amon und sie kaufen sich ein Eis, bevor sie in eine Seitengasse abbiegen und ein abbruchreifes Haus betreten.

Sobald sie eintreten, stockt Dilara, sie befinden sich in einem heruntergekommenen Studio. Drei Männer sitzen an einigen Mischpulten, hinten auf mehreren Sofas sitzen auch noch einige Leute. Alle begrüßen Amon und sehen sie gespannt an. »Dilara, ich habe meinen alten Freunden immer so stolz von dir erzählt, zeig ihnen bitte einmal kurz, was für eine tolle Stimme du hast.«

Dilara fühlt sich mehr als unwohl. Der ganze Raum ist verqualmt, auch jetzt gerade geht ein Joint herum und alle anwesenden Männer haben rote Augen. »Ich singe nicht, tut mir leid.« Es ist das erste Mal seit den Tagen hier in Mexiko, dass sie eine andere Seite an ihrem leiblichen Vater sieht. Sein Gesichtsausdruck ändert sich, er sieht sie fordernd an und tritt näher zu ihr. »Dilara, du solltest mir jetzt hier nicht vor all diesen Leuten in den Rücken fallen. Ich bin dein Vater und habe dich, ohne Fragen zu stellen, aufgenommen. Ich hoffe, dass du dich zusammenreißen kannst und mal für ein paar Minuten singen kannst. Ich verlange ja nichts Unmögliches von dir.«

Dilara zuckt zusammen, doch als sie alle Augen auf sich gerichtet spürt, gibt sie nach. Sie wird kurz singen und dann von hier verschwinden. Sie sollte ihrem Vater aber erklären, dass sie nicht Melissa ist und er das akzeptieren muss. Sie nimmt die Kopfhörer, die ihr einer der Männer hinhält und geht in das Studio, sie kennt diese Einrichtungen noch von früher. »Was soll ich genau singen?« Alles um sie herum wird abgedunkelt und Dilara kann nichts mehr erkennen, was vor den Scheiben stattfindet. Es wird die Melodie eines alten Liedes ihrer Mutter eingespielt. Dilara würde am liebsten die Augen verdrehen, doch sie setzt ein und singt ein wenig.

Dilara spürt selbst, dass ihre Stimme zittert, doch sie ist froh, als nach ein paar Takten abgebrochen wird. »Deine Stimme ist gut, aber versuch dich mal etwas zu entspannen.« Die Melodie beginnt von vorn und danach noch fünf weitere Male, bis der Mann, der auch in der Bar war, zu ihr in die Aufnahmekabine kommt und ihr einen Joint hinhält. »Tu uns allen einen Gefallen, nimm mal zwei, drei Züge und entspann dich, dann können wir alle bald nach Hause gehen.«

Dilara will nur noch weg hier, sie hat schon ein paar Mal geraucht und weiß, dass sie dabei entspannt, also nimmt sie einige Züge. Es dauert noch einige Minuten bis Dilara spürt, wie ihr alles egal wird. Das Zeug ist stark und sie fühlt sich ganz anders, als wenn sie mal bei Miguel oder jemandem in der Schule gezogen hat. Sie singt und denkt daran, wie sie als kleines Mädchen immer stolz das Radio laut gestellt hat, wenn die Lieder ihrer Mutter gespielt wurden. Sie bekommt gar nicht mit, dass sie dieses Mal das Lied komplett durchgesungen hat. Als sie die Kopfhörer weglegt und sie den Applaus von draußen hört, beginnt sie zu lachen.

Sie genießt die Komplimente. Es ist schon zu lange her, dass sie mal gelobt wurde, also setzt sie sich noch ein wenig zu den Männern, nimmt ein paar Züge und genießt, wie alles andere um sie herum immer unwichtiger wird. Sie schließt die Augen und sieht Musas Gesicht vor sich, doch dieses Mal tut es nicht weh. Dilara liebt dieses neue Gefühl, als sie dann einige Stunden später und kurz bevor sie die Bar wieder öffnen müssen, ins Bett fällt, schaltet Dilara das erste Mal, seitdem sie Sierra verlassen hat, ihr Handy wieder ein.

Es piept ohne Unterbrechung. Sie hat Nachrichten von fast allen Cousins, viele von Latizia, dass sie sich melden soll, von ihren Eltern. Es gibt keinen, der sie nicht versucht hat zu erreichen. Aber sie findet keine Nachricht und keinen Anruf von Musa. Sie fühlt sich so viel mutiger und die Erkenntnis, die sie heute getroffen hat, dass sie Musa wirklich liebt, lässt sie seine Nummer wählen. Es ist sofort der Anrufbeantwortet dran und Dilara zögert. Doch dann fasst sie all ihren Mut zusammen. Sie weiß nicht, ob sie sich das noch einmal trauen wird. »Es tut mir leid, Musa … Ich liebe dich.« Sie legt auf und schließt die Augen.

Sie denkt daran, jemanden anzurufen, sich zu melden, wenigstens Miguel zu schreiben, doch sie wüsste nicht einmal, wie genau sie das, was sie jetzt gerade wieder abzieht, erklären könnte. Sie hat einfach nicht den Mut dazu und macht traurig ihr Handy wieder aus, schließt die Augen und träumt sich nach Sierra zurück.

Miguel sieht sich das Spiel an, was sein Bruder gerade gekauft hat. »Manchmal habe ich das Gefühl, dass du nie erwachsen wirst. Damian, hast du das Handy abgeholt?« Sein Cousin hält ein Paket hoch und Miguel ist froh, wenn er aus dem Einkaufszentrum wieder hinaus ist. Damian ist sehr ruhig geworden seit Dilaras Verschwinden. Am Anfang hat Miguel auch nicht geglaubt, dass Dilara weg ist, doch jetzt ist sie schon fast seit zwei Wochen verschwunden und keiner hat etwas von ihr gehört. Damian und sein Vater waren in Chile an der Uni, wo sie gewohnt hat. Sie haben dort einigen Stress gemacht, doch Dilara nicht gefunden. Sie soll abgeflogen sein, ihre Freundin in Chile war fest davon ausgegangen, dass sie zurück nach Puerto Rico geflogen ist, doch so war es nicht. Nun weiß keiner, wo sie steckt.

Miguel hat gemischte Gefühle. Dilara ist von all seinen Cousinen am selbstständigsten, eigentlich würde er sich keine Sorgen machen. Er weiß, dass sie gut auf sich selbst aufpassen kann, doch auch wenn sie am häufigsten von allen weg von der Familie ist, besonders in der letzten Zeit, hat sie sich doch immer telefonisch gemeldet und war erreichbar. So kennt er es auch nicht von ihr und dafür wird sie auch von ihm eine Menge Ärger bekommen.

Er spürt aber, dass vor allem Rodriguez und Damian sich große Sorgen machen, beide sind seitdem sehr ruhig. Sie versuchen ständig etwas herauszubekommen, doch sie haben keine Idee. Melissa ist mit den Nerven völlig am Ende. Die einzige Idee, die sie noch hatten, den leiblichen Vater anzurufen, hat sich auch schnell in Luft aufgelöst, als der völlig ausgerastet ist am Telefon, dass er nicht verstehe, wie Dilara verschwinden konnte und dass sie ihm sofort Bescheid geben sollen, wenn sie etwas hören. Er hat seit ihrem ersten Telefonat nichts mehr von ihr gehört.

Rodriguez will in zwei Tagen noch einmal nach Chile fliegen. Keiner glaubt, dass Dilara etwas Schlimmes passiert sei, aber alle wollen sie endlich finden, sie soll nach Hause kommen.

»Ist das nicht deine Psychologin?« Kasim zeigt auf die andere Straßenseite, wo Shanice gerade aus dem Auto steigt und sie ebenfalls erblickt. Es ist später Nachmittag und sie hält vor ihrem Appartementkomplex, sie wird sicher Feierabend gemacht haben, Miguel sieht weg und sie gehen in die Richtung ihrer Autos. »Interessiert mich nicht!«

Sami neben ihm lacht, als sie an ihre Autos kommen. »Das sieht aber gerade so gar nicht nach 'interessiert dich nicht' aus. Miguel will seinem Bruder gerade eine freche Antwort schenken, da hört er Shanice' Stimme. »Miguel!« Alle blicken sich zu ihr um, bis auf ihn. »Kann ich dich kurz sprechen, nur kurz.« Sein Bruder klopft ihm auf die Schulter. »Ich warte auf dich.«

Noch immer hat er sich nicht zu ihr umgewendet, doch jetzt geht er auf die andere Straßenseite. Er geht schnell zu ihr, will das hinter sich bringen, ohne ihr lange in die Augen und in ihr Gesicht zu sehen. Er musste die ganzen Tage nach ihrer gemeinsamen Nacht an sie denken, an ihren Kuss. Er hätte nicht gedacht, dass er zu solchen Zärtlichkeiten noch einmal in der Lage sein würde, doch sie hat ihn so schroff abgewiesen, dass er all das vergessen möchte.

»Was willst du noch?« Er sieht ihr nicht einmal richtig ins Gesicht, er sieht an ihr vorbei zum Eingang ihres Appartementhauses. »Ich habe dich einige Male versucht anzurufen, doch du hast nicht abgenommen. Was ich an dem Morgen gesagt habe, tut mir leid, Miguel. Du hast mir geholfen, warst für mich da und ich ...« Miguel hebt die Hand und sieht ihr das erste Mal in die Augen. Es rumort sofort in seinem Magen. »Du hast deinen Standpunkt klargemacht. Ich bin für dich nur ein Patient und ...«

Shanice tritt näher und unterbricht ihn. »Nein Miguel, nein, ich war nur so ... Es ist natürlich vorgegeben, dass man sich nicht auf Patienten einlassen darf, aber bei dir war es für mich von Anfang an anders, beziehungsweise von da, als du mich an deinen Lieblingsort gebracht hast, habe ich gespürt, dass du für mich viel mehr bist als nur ein Patient. Es hat mir an dem Tag in meinem Appartement einfach alles Angst gemacht.

Ich weiß nicht, wie du jetzt schon mit so etwas wie einer Beziehung umgehen willst. Ich habe bei dem Mann versagt, der mich gewürgt hat und auch bei dir, weil ich mich niemals in einen Patienten hätte verlieben dürfen. Deswegen habe ich deine Akte auch geschlossen und wollte sie dir zurückgeben, weil du kein Patient mehr für mich bist.«

Miguel sieht ihr weiter in die Augen. Hat sie ihm gerade gestanden, dass sie in ihn verliebt ist? Sami hält neben ihm, die anderen Autos fahren schon vor. »Soll ich warten oder brauchst du noch?« Miguel deutet ihm an zu warten. »Keine Ahnung, was ich dazu sagen soll, Shanice ...« Sie nickt und sieht enttäuscht zu Boden. »Ich weiß, dass ich falsch gehandelt habe und ja, wie gesagt ... Ich habe die Akte jetzt zuhause, falls du sie haben möchtest.«

Miguel weiß selbst nicht, was er davon halten soll. Sie hat ihm gesagt, dass sie in ihn verliebt ist, doch gleichzeitig hat sie eine berechtigte Frage aufgeworfen. Ist er überhaupt bereit für eine Beziehung? Kann er das? Der Kuss ist ihm schon schwergefallen, auch wenn er ihn sehr genossen hat, doch wenn er jetzt schon ständig an Shanice denken muss, was wird erst, wenn er wirklich etwas Ernstes mit ihr eingeht?

Er kann sich kaum von ihren Augen losreißen, noch immer steht Sami im Auto neben ihm. »Okay, ich sehe, dass du nicht weißt ...« Miguel unterbricht sie. »Ich bin für ein paar Tage weg, vielleicht hole ich mir die Akte dann ab.« Shanice nickt. Auch wenn sie lächelt, sieht Miguel ihre Enttäuschung, als sie in ihr Haus geht.

Er steigt zu Sami, der sofort Gas gibt. Er hört, wie sein Bruder auf ihn einredet, doch seine Gedanken bleiben bei Shanice. Eine Beziehung? Sie hat ihm in die Seele geblickt, weiß, was er alles mitgemacht hat und trotzdem hat sie sich in ihn verliebt? Wie soll er einer Frau so etwas bieten, wie er es von seiner Mutter und seinem Vater kannte? Diese Zärtlichkeit und Liebe, wenn es ihm mittlerweile sogar schwerfällt, Frauen beim Sex anzusehen.

Er denkt an ihren Kuss und wieder rumort es in seinem Magen. Aber es ist nicht irgendeine Frau, sondern Shanice. Wenn er schon nach einem Kuss so viel an sie denken muss, sollte sie es doch wert sein, es auszuprobieren. Wenn er offen zu jemandem sein kann, dann wohl zu ihr. Er sieht ihr Gesicht vor seinen Augen, wie wohl sie sich gefühlt hat, als sie in seinen Armen eingeschlafen ist und denkt an die Gefühle, die das bei ihm ausgelöst hat.

»Halt an!«

Kapitel 10

Er muss zweimal klopfen, bis Shanice an die Tür kommt. Sie trägt nun eine Shorts, ein weißes Top und hat ein kariertes Hemd umgebunden. Ihre Haare sind zu einem Knoten nach oben gebunden. Miguel sieht sofort, dass sie geweint hat. Sein Herz rutscht eine Etage tiefer, als er daran denkt, dass es seinetwegen ist.

Shanice hat, ihrem Gesichtsausdruck nach zu urteilen, überhaupt nicht damit gerechnet, dass er zurückkommt. »Ich dachte, du fährst weg?« Sie geht zur Seite und Miguel tritt in ihren kleinen Flur. Nun sieht er, warum sie so angezogen ist, der Flur ist frisch gestrichen und sie hat einen kleinen Pinsel in der Hand, mit dem sie offenbar noch die Feinarbeiten macht. »Hat sich einiges geändert in den paar Tagen.« Shanice wischt sich leichthin eine lockere Strähne aus dem Gesicht, die sich aus ihrem Knoten gelöst hat. Dabei verwischt sie Farbe von ihrem Handgelenk auf ihre Wange und Miguel muss lächeln.

»Oh ja, ich mache das immer, wenn ich nachdenken muss, dabei komme ich am besten zu mir selbst und … na ja. Miguel sieht sich den Flur an. »Da hattest du aber einiges zum Nachdenken.« Shanice ist eine selbstbewusste Frau, sie ist Psychologin und kann den Menschen in die Seelen sehen, doch nun wirkt sie vollkommen verunsichert. Sie weicht Miguels Blick aus, vielleicht ist ihr das Geständnis von gerade eben, dass sie sich verliebt hat, inzwischen wieder unangenehm.

»Das alles ist auch für mich nicht leicht, ich habe momentan so einiges, was ich überdenken musste.« Miguel dreht den Spieß um, jetzt ist er an der Reihe, Fragen zu stellen. Er stellt sich genau vor sie. »Wirklich, was zum Beispiel?« Shanice steht nun an der Wand und Miguel direkt vor ihr. Er sieht auf ihr schönes Gesicht, die Mandelaugen und den Leberfleck an der Augenbraue und muss sich zurückhalten, sie nicht einfach an sich zu ziehen.

»Zum Beispiel habe ich den Mann, der mich gewürgt hat, in eine Klinik einweisen lassen und werde ihn dort weiterbehandeln und dich …«, sie greift nach einem Papierordner hinter ihm, »… kann ich nicht mehr als Patienten behalten, ich habe zu viel persönliche Gefühle entwickelt …«

Miguel kann sich ein Grinsen nicht verkneifen, er nimmt ihr den Ordner aus der Hand und wirft ihn achtlos in eine Ecke. »Was hältst du davon, wenn du mich jetzt einfach privat weiter bearbeitest. Aber nicht als deinen Patienten, sondern als Mann an deiner Seite. Dass nichts zwischen uns steht und wir immer offen zueinander sind, wir beide.«

Shanice treten Tränen in die Augen und sie nickt. »Ich dachte wirklich, ich hätte es versaut und ich fand es so schön, was zwischen uns war.« Miguel legt seine Hand an ihre Wange und küsst sie wieder. All die Tage hat er daran gedacht, doch nun fühlt es sich noch so viel besser an. Shanice schmiegt sich an ihn, ihre Arme umfassen ihn.

»Bist du bereit für eine Frau an deiner Seite?« Shanice lächelt, als sie den süßen Kuss unterbrechen und verschränkt ihre Finger. Miguel schüttelt den Kopf. »Ich glaube eigentlich nicht, zumindest nicht einfach so. Aber es geht um dich und dafür bin ich gerne bereit dazu.«

Dieses Mal küsst Shanice ihn. Es ist unwirklich, was er in diesem Moment empfindet, Miguel hätte sich nicht träumen lassen, dass er noch in der Lage dazu ist, solche Gefühle zu entwickeln. Er hebt Shanice hoch, sie ist so zart, ihre Haut so weich. Ihre Beine umschlingen ihn, als er sie auf das Bett im Schlafzimmer bringt. Als er sich löst und sein Shirt auszieht, geht gerade die Sonne unter und taucht das komplette Zimmer in ein schönes Licht. Er blickt zu Shanice hinunter. Hier war immer der Punkt, wo er die Frauen umgedreht hat, um nicht zu viel Nähe zuzulassen, aber das ist Shanice, die Frau, die ihm seit Monaten nicht aus den Gedanken geht.

Miguel liebt es, ihr in die Augen zu sehen, er legt sich auf sie, ohne sie zu beschweren und zieht ihr Shirt aus. Shanice ist so weich, Miguel liebt ihren Geruch und er kann nicht aufhören, ihr immer wieder in die Augen zu sehen, während er sie verwöhnt.

Für ihn ist es ein merkwürdiges Gefühl, einer Frau wieder so nah zu sein, merkwürdig schön und er genießt diese Nähe ganz langsam. Shanice sucht immer wieder seinen Blick und auch ihre Hände erforschen ihn.

Als er ihren Slip auszieht, entfährt ihr ein Stöhnen, das durch seinen ganzen Körper geht und als er sie beide kurze Zeit später komplett vereint, muss er sie wieder dabei ansehen. Er hat es vermieden, Frauen denen er näher gekommen ist, ins Gesicht zu sehen, doch bei ihr kann er gar nicht anders.

Shanice stöhnt an seinen Lippen und küsst ihn, umfasst seinen Nacken und zieht ihn noch enger an sich. Sie hat jetzt all seine Narben gesehen und es stört weder ihn noch sie. Er weiß, dass das nicht bei jeder Frau gehen würde, aber bei ihr, bei seiner Shanice.

Als sie sich so dreht, dass sie auf ihn kommt, macht sich ein kleines Gefühl breit, dass er das unterbinden muss. Für einen Augenblick denkt er daran, wie die Frauen auf ihm erschossen wurden, doch dann bewegt sich Shanice und ihre Hand geht an seine Wange, sodass Miguel sie ansehen muss und er vergisst all das.

In dem Moment versteht er, dass es Shanice ist, die ihn von seinen alten Wunden befreit und das nicht durch irgendwelche Therapiestunden, sondern durch die Gefühle, die er für sie aufgebaut hat und die sich mit jeder Minute, die er sie jetzt länger ansieht, verstärken.

»Ich bin froh, dass du zurückgekommen bist.« Nachdem sie sich lange geliebt haben, liegt Shanice in Miguels Armen und malt Kreise auf seine Brust. Er lächelt müde und hebt ihre Hand an seine Lippen. »Ich auch und ich denke, dass ich jetzt ganz oft zu dir kommen werde.« Shanice lacht leise, stemmt sich auf einem Arm hoch und sieht ihm in die Augen. »Ich weiß noch gar nicht, ob ich dich überhaupt wieder gehen lassen möchte.«

Sie beugt sich hinunter und küsst Miguel so zärtlich, dass sich sein Herz zusammenzieht und er weiß, er hat es an seine hübsche kleine Therapeutin verloren.

»Dilara, rate wer gerade angerufen hat.« Dilara legt das Tablett zur Seite und geht für einen Augenblick hinter die Bar zu Amon, um durchzuatmen. Sie riecht, dass er gerade wieder einen Joint geraucht haben muss, und sie muss zugeben, dass sie die letzten drei Tage, seit sie im Studio das erste Mal hier einen geraucht hat, auch ab und zu gezogen hat. Es tut so verdammt gut, diese Leichtigkeit und Gleichgültigkeit, die sich damit über einen ausbreitet, doch es hat einen üblen Nebeneffekt: Sobald Dilara wieder klar im Kopf ist, wirkt alles viel stärker. Das Bedürfnis nach Hause zu fahren, die Sehnsucht nach ihrer Familie, egal wie oft sie sie verflucht und vor allem dieser Schmerz, der sich in ihrem Herzen ausbreitet, wenn sie an Musa denkt.

»Keine Ahnung, wer?« Amon hebt die Hände. »Viktor, er hat eine Überraschung für dich, du sollst gleich dorthin kommen.« Dilara nimmt ihr Tablett wieder und dreht sich zum Gehen um. »Ich hatte dir doch erklärt, dass ich nicht singen möchte.« Mit einem Mal wird sie an ihrem Arm zurückgezogen. »Dilara, hör mir mal zu. Denkst du, dass sich das alles hier von alleine bezahlt? Ich muss jetzt für eine Person mehr aufkommen und du könntest mir dabei helfen.«

Er hält Dilaras Arm kräftig fest, doch sie ist sich sicher, dass er es nicht böse meint. »Ich helfe dir doch schon in der Bar und wo ich kann und ich bin seit etwas mehr als zwei Wochen hier, ich dachte du willst mich hier haben? Ich kann auch ...« Ihr Vater zieht sie etwas zur Seite. »Dilara mein Schatz, verstehe mich nicht falsch, bitte. Ich schulde Viktor noch eine Menge Geld und er hat mir gesagt, dass wenn du noch einmal kommst, dir deine Überraschung ansiehst und noch ein oder zwei Stunden investierst, wir quitt sind. Natürlich will ich dich hier haben, verstehst du nicht? Es kostet dich doch nur etwas Zeit und Geduld, dann bin ich einige Sorgen los. Du willst mir doch helfen, oder?«

Dilara verdreht die Augen. »Nur noch einmal, aber ich möchte, dass du generell verstehst, dass ich nicht meine Mutter bin und ich es nicht mag zu singen.« Ihr leiblicher Vater hebt den Daumen. »Verstanden und abgespeichert. Ich kann die Bar heute nicht früher schließen, du musst alleine hin, findest du den Weg noch?« Dilara sieht an sich herunter. Sie trägt ein gehäkeltes bauchfreies Top und eine Jeans, sie wird sich dafür jetzt nicht noch extra zurechtmachen. »Ja, ich bin bald wieder da. Hast du noch etwas zu rauchen?« Ihr Vater zieht stolz einen Joint aus einer Zigarettenschachtel. »Meine Tochter.«

Dilara verträgt nicht viel von dem Zeug und nimmt nur einige Züge, doch wenigstens hat sie wieder dieses Gefühl der Leichtigkeit, als sie wenig später das heruntergekommene Studio betritt. Es sind Viktor und noch zwei Männer, die auch schon das letzte Mal dabei waren, anwesend. Viktor grinst breit, als er sie sieht und holt sie gleich an das Pult. »Hör mal.« Er spielt das Lied, welches sie das letzte Mal eingesungen hat, vor, erst noch von ihrer Mutter und danach von ihr.

Dilara lächelt. »Schön, hört sich gut an.« Viktor spielt ihr ein altes Liebeslied ihrer Mutter vor. Sie kennt es, es war eines der allerletzten Lieder, die sie gesungen hat. Ihre Mutter hat ihr erzählt, dass sie es aus Kummer geschrieben hat, weil sie dachte, dass sie Rodriguez verloren hätte. »Hört sich gut an? Du bist um Welten besser. Komm, probiere mal das Lied, glaub mir, ich habe ein Gefühl dafür, es ist genau das Richtige für deine Stimme.« Dilara ist genervt, sie nimmt ihm die Kopfhörer aus der Hand und sieht ihn mahnend an. »Hör mal, das ist das allerletzte Mal, ich hoffe, das hast du verstanden.«

Er lacht und hält ihr etwas hin, was aussieht wie ein Joint. Schaden kann es nicht, sie nimmt noch zwei Züge und geht dann in die

Kabine, doch schon nach ein paar Zeilen bekommt sie noch weniger Lust und ihre Tränen steigen ihr in die Augen. Sie kennt den Text, doch plötzlich scheint jede Zeile genau auf sie zuzutreffen. »Alles okay? Fang noch einmal von vorn an!« Die Ansage weckt sie und sie singt die Zeilen und jede Zeile singt sie an Musa.

'Mein Leben sollte glücklich sein, es ist, wie ich es mir gewünscht habe. Doch egal, wie ich lache, es fühlt sich nichts vollständig an. Es war nur eine kurze Zeit, die du an meiner Seite warst, doch diese Zeit war intensiver, als jemals eine Zeit zuvor. Seitdem fehlt etwas und egal, wie ich versuche es zu vergessen, die Erinnerung an dich holt mich ein. Ich wünschte, wir wären uns in einem anderen Leben begegnet, damit ich die wenigen Stunden, die wir zusammen hatten, ins Unendliche ziehen könnte!

Was auch passiert, ich wünsche dir nur das Beste.'

Dilara kämpft gegen die Tränen und verliert, einige verlassen ihre Augen und etwa bei der Hälfte des Liedes fügt sie ihre eigenen Zeilen ein.

'Du sagst, ich wäre aus Eis und sorgst doch dafür, dass mein Herz für dich aufgetaut ist, doch keiner hat mir gesagt, was ich jetzt mit diesem Herzen anfangen soll. Ich wollte mich niemals verlieben und jetzt, wo es passiert ist, habe ich das Gefühl, mich selbst verloren zu haben.'

Als Dilara die letzten Strophen gesungen hat, ist es ganz still. Es dauert ein wenig, bis Viktor hereinkommt und klatscht. »Das war großartig!« Dilara lächelt, sie fühlt sich merkwürdig befreit. Sie bleibt noch eine Weile hinter Viktor und einem der Männer sitzen und hört zu, wie sie die Musik bearbeiten. Als sie ihre Worte noch einmal hört, spürt sie, wie sehr sie das mit Musa wirklich trifft, sie hat das erste Mal ganz ihrem Herzen den Vorrang gegeben. Sie nimmt noch ein paar Züge und nach und nach verabschieden sich die anderen beiden Männer. Dilara steht auch auf und merkt, dass ihr schummerig ist. Sie hat das Gefühl, hier irgendetwas anderes geraucht zu haben, ihr wird immer schlechter.

»Gehst du schon? Ich dachte, wir feiern deinen kleinen Sieg über deine Mutter. Das muss sich doch großartig anfühlen.« Dilara lächelt matt. »Ich kämpfe nicht gegen meine Mutter und das war das letzte Mal, dass ich gesungen habe.« Viktor kommt näher und sieht sie neugierig an. »Du hast das Lied aus ganzem Herzen gesungen. Wer ist der Kerl, der dir deinen hübschen Kopf verdreht hat?«

Dilara würde sich am liebsten die Ohren zuhalten, ihr wird immer übler. »Niemand, ist nicht wichtig.« Sie nimmt ihre Tasche, doch Viktor tritt schnell zu ihr und bevor sie reagieren kann, liegen seine Lippen auf ihren. »Verdammt, was soll das?« Dilara hat nicht mehr viel Kraft, doch mit ihrer letzten Reserve schubst sie ihn von sich. »Du bist auch genauso schön wie deine Mutter. Komm schon, dein Vater hat dir doch von seinen Schulden erzählt. Dir ist doch klar, dass du noch etwas netter zu mir sein musst, bevor sich das endgültig erledigt hat?«

Dilara wird immer übler und sie kann sich kaum noch auf den Beinen halten, doch es gibt etwas, was sie von klein auf gelernt hat und so tief in sich trägt, dass sie es selbst jetzt in der Situation noch weiß. Sie hebt warnend ihre Hand. »Hör mir genau zu, ich bin eine Surena und ich schwöre dir, dass wenn du noch einen Schritt näher kommst, meine Familie dir dermaßen der Arsch aufreißen wird, dass du nicht mehr weißt, wo oben und unten ist, du gottverdammtes Arschloch.«

Sie geht, sie wartet keine Reaktion mehr ab und quält sich die Treppen hinunter. Sobald sie an der frischen Luft ist, wird es etwas besser, doch andere Gefühle kommen in ihr hoch. Kurz vor der Bar lässt sie sich an einer Hauswand nieder und setzt sich weinend auf den Bordstein. Sie wühlt in ihrer Tasche, schaltet ihr Handy ein und hört das zweite Mal komplett auf ihr Herz. Dilara kann nicht mehr, die letzten Wochen und Monate kommen in ihr hoch und es gibt jetzt nur eine Person, die sie hören möchte. Sie zittert, als sie die vertraute und besorgte Stimme hört und schluchzt ins Telefon.

»Papa ...«

Dilaras Kopf dröhnt, als sie die Augen öffnet, weil sie lautes Gepolter hört. Sie weiß nicht mal richtig, wie sie gestern nach Hause gekommen ist, doch sie liegt in dem aufgestellten Bett in Amons Zimmer. Sie erinnert sich noch, dass er bereits völlig zugedröhnt geschlafen hat, als sie sich ins Bett geschleppt hat, doch jetzt ist auch er wach und sucht nach einem Holzschläger auf dem Schrank.

»Da sind wieder irgendwelche Idioten in die Bar eingebrochen. Hast du gestern abgeschlossen?« Dilara hält sich den Kopf, sie weiß es nicht mehr, sie hat das Gefühl, noch gar nicht richtig geschlafen zu haben und ihr ist immer noch übel. Sie will gar nicht wissen, was sie da gestern zu sich genommen hat. Das Zimmer dreht sich. »Hast du oder nicht?« Amon wird lauter, doch Dilara hält sich einfach weiter den Kopf, sie hat das Gefühl, er zerplatzt jeden Moment.

»Scheiße!« Amon springt zur Seite, als mit einen kräftigen Stoß die Tür zur Wohnung aufgetreten wird, erst da blickt Dilara hoch und direkt in die Augen von Rodriguez und Damian, die beide eintreten. Sofort treten ihr Tränen in die Augen, Amon will mit dem Schläger ausholen, doch Rodriguez ist schneller und schlägt ihn zur Seite. Damian ist schon bei ihr. »Scheiße Dilara, was ist los? Du siehst ganz blass aus.« Ihr Bruder setzt sich zu ihr ans Bett und nimmt sie fest in seine Arme, wo Dilara zu weinen beginnt. Sie schließt die Augen. »Ich muss gestern irgendetwas zu mir genommen haben. Ich weiß es nicht.«

»Was soll das? Was macht ihr hier? Dilara ist meine Tochter, ihr habt gar kein Recht hier zu sein, keiner von euch weiß mein Mädchen richtig zu schätzen.« Dilara blickt über Damians Schulter zu

Rodriguez, der in dem Moment ausholt und Amon zu Boden schlägt. »Würdest du sie schätzen, würde sie hier nicht zugedröhnt liegen und wage es nie wieder, meine Tochter als deine Tochter zu bezeichnen. Es interessiert mich nicht, was irgendwelche Gene sagen, sie ist meine Tochter, merk dir das ein für alle Mal.«

Dilara lächelt, als Rodriguez dann zu ihr kommt und ihr aufhilft. Er zieht sich seine Lederjacke aus und zieht sie Dilara an, dabei bleiben seine dunklen Augen fest auf sie gerichtet. »Hast du hier noch irgendetwas?« Dilara zeigt zu ihrem Zeug, was Damian schnell zusammenpackt, dann küsst Rodriguez ihre Stirn. »Komm, ich bringe dich nach Hause, deine Familie wartet schon.« Er hilft Dilara auf und stützt sie, da sie noch immer schwach auf den Beinen ist.

»Dilara, ich dachte dir gefällt es hier? Was ist mit Viktor?« Dilara dreht sich noch einmal zu Amon um. »Du wolltest nie mich kennenlernen, du hast eine zweite Melissa gesucht und versucht, mich zu ihr zu machen.« Amon hält sich die Nase und schüttelt den Kopf. »Ja, geh ruhig, du bist genauso ein verwöhntes Ding wie deine Mutter ...« Damian will sich noch einmal umdrehen, doch Rodriguez deutet ihm an es zu lassen.

Sie treten auf die Straße und Damian besorgt ihnen ein Taxi. »Seid ihr alleine gekommen?« Im Taxi wird Dilara noch übler. »Nach deinem Anruf gestern bin ich sofort los, du hast dich aber so verzweifelt angehört, dass ich es niemandem gesagt hab, nur Damian habe ich eingeweiht und mitgenommen.« Dilara ist selbst zum Nicken zu schwach, sie lehnt sich an ihren Vater und schließt die Augen, als er den Arm um sie legt, seine Nase an ihre Stirn legt und tief einatmet. Sie fühlt sich sofort wie zuhause.

Kapitel 11

Das nächste Mal, als Dilara richtig wach wird, liegt sie im Privatjet, eingekuschelt in eine weiche Decke. Sie setzt sich auf und sieht auf Damian, der auf der anderen Seite liegt und schläft und ihren Vater, der in einem Sessel sitzt und sie beobachtet. Dilara fasst an ihren Kopf und er steht auf und bringt ihr Wasser. »Trink das, du musst den ganzen Mist aus deinem Körper spülen.« Dilara hört auf ihn und Rodriguez setzt sich müde neben sie. Dilara lehnt sich zurück und sieht ihn entschuldigend an, doch er beginnt zu sprechen.

»Ich weiß nicht, an wieviel du dich erinnern kannst, was du mir alles erzählt hast. Ich hatte das Gefühl, dass du dir das erste Mal alles von der Seele geredet hast, als du mich angerufen hast und es gibt ein paar Sachen, die du unbedingt verstehen musst, Dilara. Ich glaube, du siehst dich anders als Damian oder Amalia. Es tut mir leid, wenn ich dir das Gefühl gegeben habe, aber ich kann dir garantieren, dass ich dich nicht weniger liebe als sie, im Gegenteil.«

Dilara will etwas sagen, doch er deutet ihr an, ihm zuzuhören. »Weißt du, Damian und Amalia sind als meine Kinder geboren, doch du …. Als du damals zu mir gekommen bist mit deiner Mutter, war ich alles andere, aber kein Familienmensch. Ich wusste nicht, ob ich in der Lage bin, mich um deine Mutter und dich zu kümmern, wie ihr es verdient, ob ich wirklich in der Lage bin zu lieben, so zu lieben, wie man seine Familie lieben sollte.

Melissa hat mich verstanden und mir Zeit gegeben, aber du …« Er lächelt. »Du hast mich vom ersten Tag gefordert, du bist auf mir herumgeklettert und du hattest jede Nacht diese Alpträume. Du bist dann immer in unser Bett gekommen. Die ersten Monate bin ich jeden Morgen wach geworden und hatte deine Locken auf mir, auf meinem Bauch, meiner Schulter, du warst überall. Deine Mutter hat gesagt, dass du dich bei mir so sicher fühlst, weil ich dich damals aus dem Schuppen befreit habe. Ich glaube, ich habe selbst nicht gemerkt, wie es passiert ist, doch du bist in dieser Zeit zu einem Teil von mir geworden. Irgendwann kamst du nicht mehr zu uns ins Bett und ich habe es angefangen zu vermissen.

Als du ungefähr ein Jahr bei uns warst, wurdest du sehr krank, du hattest eine Lungenentzündung und musstest fast zwei Wochen im Krankenhaus bleiben. In dieser Zeit habe ich gemerkt, wie sehr ich dich liebe. Am Ende glaube ich, deine Mutter, aber vor allem du, haben mir beigebracht, wirklich lieben zu können und nur deswegen ist es mir auch bei Damian und Amalia so leicht gefallen.

Die Liebe zwischen ihnen und dir und mir ist anders, auf jeden Fall aber nicht weniger, ganz im Gegenteil. Bei der Hochzeit mit deiner Mutter habe ich dich komplett als meine Tochter angenommen, und das meine ich bis heute absolut ernst, Dilara. Ich möchte nicht, dass du da etwas Falsches denkst. Es ist mir egal, was irgendwelche Bluttests sagen würden, du bist ein Teil von mir, genau wie Damian und Amalia. Und falls du denkst, dass es irgendwem aus unserer Familie anders geht .... Du solltest doch wissen, wie sehr dich alle lieben. Als Paco und Juan erfahren haben, dass du weg bist und dass es davor Streit gab, haben die mir gehörig Stress gemacht.«

Dilara weint schon lange und Rodriguez lächelt. »Weißt du, besonders die beiden, aber vor allem Paco, war schon immer verrückt nach dir. Ich weiß noch, wie alle immer den Kopf geschüttelt haben, wenn er mit dir auf dem Arm und drei neuen Barbies aus dem Spielgeschäft kam. Für dich hat er alles stehen und liegen gelassen und wenn du mal Ärger bekommen hast, bist du immer wütend zu ihm gestampft und hast ihm alles erzählt und er hat dich immer in Schutz genommen ...«

Dilara wischt sich die Tränen weg. »Ja, aber da ist doch auch dieser Unterschied, Papa, keines der anderen Mädchen macht so viel Ärger und Blödsinn wie ich. Ich mache der Familie nur Sorgen und Probleme, das war schon immer so. Jeder kennt seine Ziele und hat Pläne und bei mir ... Ich weiß einfach nicht, wohin mein Weg mich führt, ich weiß momentan nichts mit mir und meinem

Leben anzufangen und ich weiß, dass es für Mama und dich unangenehm ...«

Wieder unterbricht sie ihr Vater. »Niemals im Leben bist du für deine Mutter oder mich unangenehm, Dilara. Das war es, was mich gestern am meisten getroffen hat, dass du seit Monaten so unglücklich bist und nie etwas gesagt hast. Du bist ganz anders als die anderen Mädchen, das stimmt. Das war von Anfang an so, aber das ist nicht schlimm, im Gegenteil.

Du bist so viel selbstständiger, hast deinen eigenen Kopf, bist selbstsicher, du bist ein eigenständiger Mensch und nicht mit anderen zu vergleichen und das ist gut so. Wir alle lieben dich über alles und keiner denkt negativ von dir. Natürlich war ich sauer wegen dem Studium. Ich bin dein Vater, ich möchte, dass du zu mir kommst und mit mir redest und nicht, dass ich die Dinge erst erfahre, wenn alles gelaufen ist.

Aber es ist auch ganz normal, dass du deinen Weg noch nicht gefunden hast. Dilara, du musstest nach New York gehen, dann, als du wieder zurück in Sierra warst, war alles drunter und drüber und dann bist du schon in Chile gewesen. Du solltest dir und deinem Leben wirklich mal die Zeit geben, zur Ruhe zu kommen und du wirst sehen, dass sich dann alles ganz von alleine löst.«

Dilara nickt und wischt sich wieder Tränen weg. Sie kann sich nicht erinnern, wann sie das letzte Mal so viel vor ihrem Vater geweint hat. Rodriguez wischt mit seinem Daumen auch die allerletzten Tränen weg und küsst ihre Stirn lange. »Das Wichtigste ist, dass du nicht vergessen sollst, wie sehr dich alle lieben. Sie werden sich sehr freuen, wenn wir dich jetzt nach Hause bringen.« Dilaras Herz zieht sich gleich wieder zusammen. »Nicht alle.« Ihr Vater sieht sie verwundert an, sie möchte keine Geheimnisse mehr vor ihm haben und erzählt ihm, was alles zwischen Musa und ihr passiert ist, dass es bereits angefangen hat, als Latizia und Adán sich getroffen haben. Sie erklärt ihm, wie sie immer Panik bekommen hat und vor Musa geflüchtet ist und wie sauer er war, als sie jetzt wieder weggegangen ist.

Sie gesteht ihm auch, dass sie Gefühle für ihn hat und dass er der erste Mann ist, bei dem sie so etwas empfindet.

»Musa also? Ich hätte es mir ja denken können, so wie er immer aufhorcht, wenn mal dein Name fällt. Weißt du, deine Mutter ist dir wirklich nicht so unähnlich. Ich habe damals mein Leben für sie riskiert und sie wollte mir einfach nicht vertrauen, ich war damals auch sehr wütend auf sie. Ich habe sie wirklich verflucht, aber wenn Musa dich auch nur ein wenig so liebt wie ich damals deine Mutter, wird alles gut werden. Und wenn ich an die letzten Male denke, wo ich ihn gesehen habe und wie schlecht gelaunt er war, bin ich mir absolut sicher, dass alles gut wird. Du musst dir aber unbedingt merken, immer ehrlich zu sein und über deine Gefühle zu sprechen, damit all solche Missverständnisse erst gar nicht passieren.«

Das Flugzeug setzt zum Landeanflug an und Damian wird langsam wach. Rodriguez will aufstehen, doch Dilara hält ihn am Arm fest. »Ich liebe dich, Papa.« Sie umarmt ihn und auch er drückt sie fest an sich. »Dann geh nicht wieder weg und komme endlich wieder richtig zuhause an. Du fehlst mir dort nämlich sehr.« Dilara lächelt. »Miguel hat gesagt, dass er Dilara an sich binden wird, wenn sie wieder auftaucht und ich glaube, der meinte das verdammt ernst.« Damian reibt sich müde den Kopf und Dilara lacht leise. Sie kann es endlich kaum erwarten zuhause zu sein, und plötzlich fühlt sich einiges in ihrem Körper wieder richtig an.

Sie landen und da ja niemand Bescheid wusste, dass Rodriguez und Damian Dilara geholt haben, erwartet sie auch niemand, also fahren sie allein nach Sierra zurück. Damian kann es sich nicht verkneifen anzurufen und zu sagen, dass sie in einigen Minuten mit einer Überraschung zurückkommen werden, deswegen stehen Leandro und Miguel auch bereits vor ihrem Haus, als sie in die Einfahrt fahren.

Als Dilara aussteigt, hört sie ein befreiendes Durchatmen und liegt erst in Miguels und dann in Leandros Armen, während Miguel

mit ihr meckert. »Ich werde dir ein Ausreiseverbot besorgen.«
Dilara lacht und umarmt Paco, der zu ihnen kommt und seine
Nichte fest an sich drückt. »Ich glaube, das wird nicht nötig sein,
wir hatten ein langes Gespräch und Dilara hat verstanden, dass wir
sie hier ...«

Dilaras Mutter kommt aus dem Haus und drückt ihre Tochter
fest an sich. Sie lässt sie gar nicht mehr los. Dilara muss ihr versprechen, dass sie sich später die Zeit nehmen und über alles sprechen werden. Dilara nimmt Amalia auf den Arm, sie war etwas
über drei Wochen weg und sie ist so unheimlich gewachsen, dass
Dilara ein richtig schlechtes Gewissen bekommt, doch sie wird das
wieder gutmachen und sie schwört sich selbst, dass sich das ändern
wird, dass sie ab jetzt einiges verändern wird.

Latizia kommt fast schon heimlich angeschlichen und man sieht
ihr ihr schlechtes Gewissen ganz genau an. »Es tut mir so leid!«
Dilara nimmt dieses Mal ihre jüngere Cousine in den Arm. »Das
braucht es nicht, du hattest recht und ....« Latizia schüttelt den
Kopf. »Nein, hatte ich nicht. Musa und du, ihr liebt euch und egal
wie schwer es für euch ist, ich hätte hundertprozentig hinter dir
stehen müssen.« Latizia hat wohl vergessen, wer alles um sie her-
umsteht.

»Musa?« Melissa zieht die Augenbrauen zusammen, doch Rodriguez legt den Arm um sie. »Das erzähle ich dir später.« Miguel, der
am meisten mit Musa zu tun hat, grinst plötzlich los. »Deswegen
ist er heute früh so ausgerastet, als er das Video gesehen hat. Hätte
ich das vorher gewusst, hätte ich den Spiegel im Flur retten können.«

Dilara löst die Umarmung mit Latizia. »Welches Video?« Ihre
Mutter hebt die Arme. »Ja genau, wieso hast du mir nicht gesagt,
dass du singen möchtest? Ich hätte dir doch bei allem geholfen.«
Dilara versteht langsam gar nichts mehr. »Weil ich nicht singen
will, wie kommt ihr darauf.« Leandro hält ihr sein Handy hin und
spielt ein Video ab, dass auf einen Musikkanal hochgeladen wurde.

Verdammt, es zeigt Dilara im Studio, wie sie das Lied ihrer Mutter singt. Sie hat die Augen geschlossen, doch man sieht, dass sie weint und es sind auch die geänderten Textteile mit dabei. »Du hast eine unglaubliche Stimme, Dilara.« Sie sieht hoch, auch Damian und Rodriguez sehen sich das Video an, sie kennen es ja auch noch nicht, ansonsten hat jeder das hier offenbar schon gesehen.

»Ich sollte denen das nur vorsingen, es war nur ausgemacht, dass somit die Schulden von Amon beglichen werden, ich wusste nicht, dass die das online stellen. Ich will nicht singen.« Miguel sieht auch noch einmal zu dem Video. »Den Leuten gefällt es aber, über eine Million Klicks in wenigen Stunden.« Ihre Mutter lacht und küsst Dilaras Wange. »Natürlich, was dachtest du, sie ist doch meine Tochter. Aber du willst wirklich nicht weitersingen?« Dilara schüttelt den Kopf. Zuhause für sich ja, aber es ist nicht das, was sie in Zukunft machen möchte. Rodriguez nimmt ihr Amalia aus den Armen. »Wir kümmern uns darum, lass uns reingehen. Ich habe Hunger.«

Paco küsst noch einmal Dilaras Wange. »Ich hole Bella schnell ab, soll ich Pizza mitbringen?« Melissa winkt ab. »Ich habe gerade einen Braten im Ofen, der reicht für alle, kommt dann vorbei.« Nur Dilara bleibt stehen. »Ähm, ich komme gleich, ich muss nur kurz etwas … klären.« Kurz sehen alle sie verwundert an, doch Rodriguez nickt. »Wir warten zuhause auf dich.« Er hält ihr seinen Autoschlüssel hin und Dilara geht zu dem silbernen Mercedes.

»Dilara, warte!« Latizia kommt ihr hinterher. »Du solltest wissen, dass Musa wirklich sehr sauer war, nachdem du weg warst. Ich habe ein paar Mal probiert mit ihm zu reden, ihm auch gesagt, dass wir uns Sorgen machen, doch er wollte nichts hören, was mit dir zu tun hat. Er liebt dich, Dilara, das ist klar, aber ob er so schnell alles vergessen kann, weiß ich nicht. Zumindest hat er nichts Neues mit einer anderen Frau angefangen, aber sobald das Thema auf dich kommt, geht er in die Luft, genau wie bei dem Video heute morgen.«

Dilara nickt, sie spürt, dass Latizia noch immer ein schlechtes Gewissen hat und drückt ihre Hand. »Ich erwarte nicht, dass Musa mir verzeiht, trotzdem muss ich ihm einiges sagen. Das ist das Mindeste, was ich tun kann. Ich bin bald wieder da.« Sie steigt ein und fährt los.

Dilara weiß, dass sie nicht erwarten kann, von Musa mit offenen Armen empfangen zu werden, aber sie muss ihm einiges sagen. Ob er dann ihre Entschuldigung annimmt, muss er letztlich entscheiden, doch wenn Dilara das nicht loswird, wird sie sich das nie verzeihen.

Ihr Herz schlägt ihr fast bis zum Hals, als sie in die Gegend einfährt, die sie jetzt immer mit Musa verbinden wird. Sie muss an den Tag denken, als sie das erste Mal hergefahren sind und er in ihren Wagen geblickt hat. Sein freches Grinsen und sein Blick auf ihr hätte ihr damals schon sagen müssen, dass da noch mehr kommen wird. Dass sie jetzt mit so einem zugeschnürten Herzen zu ihm fahren würde, hätte sie aber beim besten Willen niemals erahnen können.

Sie fährt an Adáns Haus vorbei und hält bei Musa, wo gerade drei Männer auf der Veranda sitzen und sich über einige Papiere beugen. Als sie hält, sehen sie auf. Adán ist da, aber auch die anderen beiden Männer kennt sie vom Sehen. Der Verlobte ihrer Cousine ruft etwas ins Haus, während Dilara aussteigt. Adán und auch die beiden anderen kommen die Treppen herunter, im selben Moment, als Musa aus dem Haus tritt.

Dilara würde am liebsten sofort umdrehen und wieder weggehen, als sie seinen gleichgültigen Blick auf sich spürt. Er sieht so gut aus. Liegt es daran, dass sie ihn länger nicht gesehen hat oder dass ihr in Mexiko ihre wahren Gefühle für ihn klar geworden sind, dass sie ihn jetzt noch einmal mit anderen Augen sieht? Er trägt kein Shirt, seine Muskeln glänzen in der Sonne, sein Haare sind frisch geschnitten und er trägt einen leichten Dreitagebart. Er hat eine Cola in der Hand und sieht sie unbeeindruckt von oben herab an, während Adán zu ihr tritt und ihr einen Kuss auf die Wange gibt.

»Schön, dass du wieder da bist. Hast du mit Latizia gesprochen? Ihr ging es die Zeit, in der du weg warst, nicht gut, ihr solltet reden.« Die beiden anderen Männer nicken nur und gehen schon vor zu Adán. »Ja, ich habe gerade schon mit ihr gesprochen und fahre auch gleich wieder hin.« Er nickt und dreht sich noch einmal zu Musa um. Noch einmal küsst er ihre Wange und flüstert ihr dabei ins Ohr.

»Er ist stinksauer, aber er liebt dich, also nimm dir seine Art jetzt nicht zu Herzen. Vertrau mir, ich kenne ihn besser als er sich selbst. Er liebt dich.«

Dilara sieht Musa bei Adáns Worten in die Augen, der sie immer noch unbeeindruckt ansieht. Er lehnt sich gegen einen Pfeiler der Veranda und nimmt einen Schluck. Adán geht ebenfalls in Richtung seines Hauses. »Ist die Dame mal wieder in Sierra.« Dilara atmet tief ein. »Ja, das bin ich und ich bleibe jetzt auch hier. Ich verstehe, dass du wütend bist ...« Musa hebt die Hand. »Erzähl mir nicht, dass du irgendetwas davon verstehst. Ich habe mich mehr als einmal wegen dir zum Hampelmann gemacht und das wird nicht nochmal passieren. Wenn du zurück bist, schön für dich, erwarte nicht von mir, dass ich dir wieder hinterherrenne, nur um dir dann wieder dabei zuzusehen, dass du erneut abhaust.«

Das alles kommt sehr schnell und wütend aus Musas Mund, er wird sich diese Worte schon zurechtgelegt haben, oder sie einfach schon viel zu lange mit sich herumschleppen. Dilara senkt den Blick. »Ich wollte nie, dass du mir hinterherrennst und ich bin auch nicht ge ... Doch das bin ich, ich werde mir selbst nichts mehr vormachen. Hast du meine Nachricht bekommen auf deinen Anrufbeantworter?«

Musa nimmt wieder einen Schluck und lächelt müde. »Das Handy ist aus dem Fenster des Autos geschmissen worden, als du das letzte Mal aus Sierra abgehoben bist, ich habe jetzt eine neue Nummer, ein neues Handy, Neuanfang. Tut gut manchmal, weißt du?« Dilara würde am liebsten laut aufseufzen, Musa ist wirklich wütend, doch sie versteht ihn ja. »Okay, also wie gesagt, ich weiß, dass ich mich falsch verhalten habe ... Öfters. Ich bin geflüchtet vor meiner Familie und den Fragen, die sich immer deswegen gestellt haben, wegen meiner Unsicherheit, wegen meines Lebens, was ich nicht so wirklich auf die Reihe bekomme und ja, vor allem wegen dir.«

Jetzt blickt sie ihn an, sie weiß, dass es nichts mehr ändern wird, doch sie möchte das loswerden. »Ich wollte mich niemals verlieben, Musa, und das was zwischen uns passiert ist, hat mir einfach Angst gemacht. Ich wollte nie verletzbar sein und mich so sehr an einen Mann gewöhnen, doch jetzt in Mexiko ist mir klar geworden, dass ich mich selbst nur verletze und dass ich dich schon längst liebe. Du bist wirklich ein guter Mann, Musa, du hast eine Frau verdient, die von Anfang an zu dir steht und nicht ständig vor dir und den Gefühlen wegläuft.

Ich weiß, dass ich meine Familie und dich enttäuscht habe und ich hoffe, dass ich in nächster Zeit einiges davon wieder gutmachen kann, nicht alles, aber wenigstens einiges. Mir ist klar, dass ich einiges so sehr zerstört habe, dass es nicht wieder zu heilen ist, aber ich musste dir das auch einfach sagen, mich dafür entschuldigen und ja ... so halt.«

Musa blickt sie einfach nur an, dann räuspert er sich und stellt sich wieder gerade hin. »Es ist gut, dass du hergekommen bist und ich wünsche dir auch, dass das mit deiner Familie alles wieder in Ordnung kommt. Ich für meinen Teil nehme deine Entschuldigung an, aber ich glaube dir nicht mehr, Dilara. Ich schätze, dass wenn ich dich jetzt wieder in meine Arme nehme, was ich wirklich gern tun würde, ja, ich würde sogar am liebsten gerade dafür jemanden töten, nur um das tun zu können.

Doch ich weiß genau, wenn ich dich nur zweimal mehr küsse als in unserer letzten Nacht, du danach drei Monate lang flüchtest. Je näher ich dir komme, desto länger verliere ich dich wieder. Tut mir leid, aber ich mache das nicht mehr mit, aber es ist gut, dass du vorbeigekommen ist.« Dilara lächelt, auch wenn es ihr schwerfällt. »Ich verstehe das wirklich, mach es gut.« Mit ihrem letzten bisschen Kraft dreht sie sich um und geht zum Auto zurück.

Dilara verlässt das Gebiet wieder, hält am Wegrand und beginnt fürchterlich zu weinen. Sie wusste, dass sie Musa verloren hat und sie versteht ihn wirklich, trotzdem tut es ihr unheimlich weh. Wieso musste sie sich so gegen ihn und ihre Gefühle stellen? Wie immer hat sie es vollkommen verdorben. Es dauert eine Weile, bis sie sich beruhigt hat und zurück nach Hause fahren kann, wo Latizia auf der Veranda vor ihrem Haus sitzt und auf sie wartet.

Dilara lächelt, als sie aussteigt, trotzdem erkennt Latizia natürlich die Tränen dahinter und legt den Arm um sie. »Manches braucht Zeit, doch es wird sicherlich alles gut.« Dilara legt ihren Kopf auf ihre Schulter und sie gehen zusammen zu ihrem Haus, aus dem schon viele Stimmen zu hören sind und aus dem Juan jetzt herauskommt und ihr lachend entgegensieht. »Ich werde mir Mühe geben, dass einiges wieder in Ordnung kommt, aber manches wird nicht wieder gut. Manches kann man nicht heilen.«

Sie geht zu einem ihrer Lieblingsonkel und fällt Juan um den Hals, der sie fest an sich drückt. Dilara schließt die Augen und weiß, dass sie ihrer Familie nie wieder weh tun möchte. Wenigstens das kann sie wieder in Ordnung bringen.

Kapitel 12

»Verrätst du mir endlich, wohin es geht?« Dilara sieht ungeduldig zu ihrer Tante Sam. Sie ist jetzt seit zwei Wochen zurück in Sierra und es geht ihr mittlerweile viel besser. Sie weiß, dass sie hier hingehört und fühlt sich langsam wieder wie vor all den Geschehnissen, bevor die Männer damals nach Kolumbien aufgebrochen sind und so lange von ihnen getrennt waren. Vielleicht hat ihr Vater recht und Dilara hat sich einfach nicht genug Zeit gegeben, sich wieder zurechtzufinden, nachdem alle zurückgekommen sind, sondern ist mit ihrem Gefühlschaos einfach geflohen.

Sie ist wieder enger zu ihrer Familie gerückt und hat es keine Sekunde bereut. Dilara wird jetzt versuchen, hier ihren Weg zu gehen und einen Neuanfang zu starten. Bei dem Wort Neuanfang muss sie sofort an Musa denken, sie hat ihn in den zwei Wochen nur zweimal kurz gesehen. Einmal ist er mit Miguel zu den Jungs ins Haus gegangen und hat nicht einmal in die Richtung ihres Hauses geschaut, das andere Mal war sie kurz bei Adán und Latizia und hat ihn auf der Terrasse seines Hauses gesehen.

Er hat seinen Standpunkt klar gemacht und es wirkt auch nicht so, als würde er seine Meinung dazu noch ändern. Dilara hat jedem offen gesagt, welche Gefühle sie für Musa hat und jeder erkennt ja, dass das nicht reicht, um irgendetwas zwischen ihnen zu retten, deswegen spricht sie auch niemand auf das Thema an, nur mit Latizia spricht sie ab und zu darüber. Ihre Cousine sagt, dass Musa nicht einmal gegenüber Adán ein Wort über Dilara verliert, doch alle spüren, wie angespannt er deswegen ist, also lässt ihn auch jeder damit in Ruhe.

Dilara hätte sich nicht vorstellen können, sich jemals so zu verlieben, wie sie es mit Musa getan hat. Ihrem Vater und allen anderen davon zu erzählen, vor ihm zu stehen und ihm einzugestehen, dass sie sich verliebt hat und gesagt zu bekommen, dass es nicht reicht, nicht mehr, dass sie dafür schon viel zu viel zerstört hat, ist schon schlimm, aber das Schlimmste ist, Dilara versteht es vollkommen, sie hat die erste Liebe, die sie jemals für einen Mann empfunden hat, vollkommen vermasselt.

»Weißt du, vorgestern als du Sara und mich beraten hast wegen der neuen Kleider, ist mir etwas eingefallen.« Sie halten vor einem älteren Haus, in dem unten ein kleineres Geschäft ist, das offenbar schon länger nicht vermietet war. »Als ich vorgestern gesehen habe, wie gut du dich mit Mode auskennst und wie sicher du dabei bist, den Leuten etwas Passendes rauszusuchen, kamen mir die Erinnerungen an mich in deinem Alter.« Dilara lächelt mild. »Ich hätte euch noch bessere Kleider rausgesucht, aber die Geschäfte hier führen oft nicht die neueste Mode.«

Sam zeigt zu einem Mann, der vor dem Geschäft wartet. »Und das kannst du jetzt ändern.« Dilara versteht gar nichts mehr, als sie aussteigen und Sam den Mann begrüßt. Er ist der Vermieter des Hauses und schließt ihnen den kleinen Laden auf. »Früher war das mein Geschäft, zwei Freundinnen gehörte die Boutique danach, doch sie sind weggezogen und seitdem steht es leer.

Dilara sieht sich in den hellen Laden um. »Du meinst, ich soll meinen eigenen Laden aufmachen? Ich habe nie darüber nachgedacht, aber jetzt wo du es sagst. Ich habe aus Chile noch einige Adressen von tollen Designern, die Sachen würden hier weggehen wie nichts. Ich würde nichts verkaufen, was man überall bekommt und … Handtaschen, ich kenne da einen Laden, wenn der an mich liefert, ist das … Sam, du bist die Beste, genau das könnte wirklich etwas für mich sein, mein Laden, meine Boutique.«

Sam lacht und holt einen Zettel aus der Tasche. »Als ich gestern Miko und Abelia von meiner Idee erzählt habe, hat deine Cousine das gezeichnet.« Sie hält einen wunderschönen Schriftzug hoch *Dilara's*. Abelia kann fantastisch zeichnen, um die Schrift schweben Schmetterlinge und Vögel. »Das wird mein Schriftzug, ich bin völlig ...«

Von allein wäre Dilara nie auf die Idee gekommen, doch wo sie jetzt in dem Laden steht, ist ihr absolut klar, dass das ihr Reich wird. Sie wird all ihre Kraft und Energie hier hinein investieren und dieses Mal wird sie es durchziehen, sie wird ihre eigene Boutique eröffnen. Der Hauseigentümer zeigt ihnen den Rest des Ladens. Es gibt einen größeren Verkaufsraum vorn, Dilara muss hier ein paar Malerarbeiten durchführen und einige Stangen und Regale aufbauen. Einen wunderschönen Marmortresen gibt es bereits, es wäre auch Platz für eine kleine Couch, für Männer, die warten müssen.

Dilara kann sich alles schon bildlich vorstellen. Zwei kleine Treppen führen noch in einen hinteren kleineren Raum, in dem Dilara Schuhe, Handtaschen und ein paar Accessoires anbieten möchte. In dem Raum gibt es eine kleine Wendeltreppe, die nach oben führt in einen Bereich, mit vier abgetrennten Räumen. Ein kleines Lager, eine kleine Toilette, eine kleine Küche und ein Raum, wo Dilara hin und wieder übernachten könnte, wenn ihr alles zu viel zuhause wird.

Sie liebt es jetzt schon.

»Möchtest du noch einmal drüber schlafen?« Dilara schüttelt den Kopf, sie ist sich absolut sicher, die Monatsmiete ist nicht sehr hoch, allerdings ist eine Kaution fällig. Dilara wird etwas Geld für Möbel, Farbe und alles andere brauchen. Sie unterschreibt den Vertrag, sie hat zwei Wochen Zeit, die Räumlichkeiten zu renovieren und dann kann der Laden aufmachen.

Im Kopf fertigt sie schon eine Liste mit Leuten an, die sie mit Kleidung beliefern sollen. Sie kennt Großhändler, wo sie gleich morgen die ersten Bestellungen aufgeben wird. Sam ist etwas überfordert, als Dilara sie mit zur Bank schleppt. »Dilara, du weißt, dass wir alle dir das Geld geben, dein Vater …« Dilara zieht ihre Tante mit sich und sie setzen sich vor einen etwas verdutzten Bankmitarbeiter. »Nein Sam, ich möchte das wirklich und möchte das alleine schaffen. Ganz alleine, ohne finanzielle Hilfe der Familie, ich muss das alleine machen, verstehst du? Damit es wirklich meins ist.« Sam nickt. »Ich verstehe.«

Natürlich kennt sie hier jeder und als Dilara sagt, dass sie einen Geschäftskredit aufnehmen möchte, weiß der Bankangestellte erst einmal gar nichts zu sagen. Wahrscheinlich besitzt ihre Familie doppelt so viel Geld wie die Bank, deswegen fragt der Mann auch zweimal nach. Doch natürlich gibt er ihr den Kredit und das ganz ohne Zinsen, weil sie die besten Kunden der Bank sind. Sie vereinbaren eine monatliche Rate und selbstverständlich weiß Dilara, dass sie wegen ihrer Familie gut weggekommen ist, doch trotzdem wird das ihr eigenes Ding.

Dilara ist ganz aufgeregt, als sie anschließend zu sich nach Hause fahren. Ihre Mutter, Rodriguez und Paco sitzen gerade in der Küche. Ihr Vater und ihr Onkel sehen sich irgendwelche Unterlagen an, während Amalia in Pacos Armen schläft. Im Garten entdeckt sie Damian, Sanchez und Nesto. »Ich habe eine eigene Boutique.« Alle sehen verwundert zu Sam und ihr. Dilara hält das selbstentworfene Logo von Abelia hoch und erzählt ihrer Familie alles.

»Ich habe deine Boutique immer geliebt, Sam, das ist eine sehr gute Idee, ich glaube, das ist genau das Richtige für dich.« Ihre Mutter ist gleich begeistert. Dilara spürt, wie sehr sie das will, als sie ihr von den Plänen, den Lieferanten und allem anderen erzählt. Erst danach sieht sie zu ihrem Vater und ihrem Onkel, die sie die ganze Zeit nur betrachtet haben, selbst ihre Cousins sind hereingekommen und hören ihr zu. »Was denkst du, Papa?« Dilara gibt ihm einen Kuss und danach ihrem Onkel, sie kam noch nicht dazu, die beiden zu begrüßen.

»Das hört sich alles sehr gut an, dir scheint es wirklich ernst zu sein und ich kann mir gut vorstellen, dass es zu dir passt. Wie viel Geld brauchst du?« Dilara lächelt und bleibt neben ihm stehen. »Ich war bei der Bank, ich mache das alleine, ohne finanzielle Hilfe der Familie. Damit sich das wirklich wie meins anfühlt.« Ihr Vater lacht leise und zieht sie auf seinen Schoß, um ihr einen dicken Kuss auf die Wange zu geben. »Ich bin sehr stolz auf dich. Wenn du Hilfe brauchst, egal wie, sag Bescheid.«

Dilara sieht zu ihren Cousins und ihrem Bruder. »Ich könnte Hilfe beim Renovieren gebrauchen, aber ich will das Geld sparen und keine Firma dafür beauftragen, wozu habe ich so viele Cousins?« Sanchez zuckt die Schultern. »Natürlich, sag Bescheid und wir kommen und ich finde, du solltest auch Männersachen in deiner Boutique haben, immerhin hast du ja so viele Cousins.«

Dilara steht auf und nimmt sich etwas zum Trinken aus dem Kühlschrank. »Ich kann es mir überlegen, aber wegen euch? Ihr lauft doch alle am liebsten oben ohne rum und zeigt eure Muskeln.« Sam und Melissa lachen und Dilara will gerade noch lachend wegrennen, da hat Sanchez sie schon eingefangen, wirft sie sich trotz Gegenwehr über seine Schulter und geht mit ihr hinaus zum Pool. »Wie habe ich deine frechen Antworten vermisst, als du weg warst, Löckchen.« Mit diesen Worten springt ihr irrer Cousin mit ihr zusammen auf dem Arm in den Pool.

Die nächsten Tage werden anstrengend, doch Dilara genießt sie in jeder Sekunde, sie schläft wenig und ist fast die ganze Zeit im Laden. Leandro und Damian streichen ihn neu, während Rico, Kasim und PJ sich oben um die Zimmer kümmern. Sie verlegen einen neuen Boden und bauen eine neue Küche ein. Dilara bestellt Möbel, die ihr Vater und Miko zusammen aufbauen, ihre Tanten kümmern sich um Flyer und die Schilder für draußen, während Dilara den ganzen Tag Sachen bestellt, Verträge ausarbeitet und sich um den Bürokram kümmert, wobei ihr Sam und Lucia helfen. Latizia und Abelia bemalen die Wände mit kleinen Schnörkeln, die sie dann nochmal mit Glitter benetzen. Nach fast zwei Wochen ist alles so gut wie fertig und sieht edel und perfekt aus, noch besser als Dilara es sich vorgestellt hat.

In zwei Tagen ist die Eröffnungsfeier. Heute sind die ersten Kleidungsstücke gekommen, die sie mit Bella, ihrer Mutter und Latizia schon eingeräumt hat. Dilara ist noch länger als alle anderen geblieben, weil sie noch auf eine Lieferung warten wollte. Doch als sie dann langsam gehen will, klingelt ihre kleine Glocke an der Tür und Miguel kommt mit einem großen Karton herein, gleich hinter ihm auch noch Musa, ebenfalls mit einem Karton auf den Armen. Dilaras Herz schlägt ihr gleich bis zum Hals, sie achtet kaum auf Miguel, der den Karton abstellt und sich umsieht.

»Wow, ich bin beeindruckt und dein Schild draußen, *Dilara's*, das sieht alles richtig gut aus.« Musa stellt seinen Karton neben dem von Miguel ab. Dilara kann ihren Blick nicht von ihm wenden, auch wenn sie noch so abgelenkt war die Tage, hat sie dieses Gefühl, dass sie ihn vermisst, nicht eine Sekunde verdrängen können.

»Komm schon, Curly, du weißt, wie sehr ich dich liebe und dass ich es nicht ertrage, von dir nicht beachtet zu werden. Es tut mir leid, dass ich nicht da war, ich konnte ja nicht ahnen, dass du so spontane Ideen hast, obwohl, bei dir muss man auf alles gefasst sein.« Dilara wendet den Blick von Musa ab und lächelt zu Miguel, der über zwei Wochen weg war. Er ist jetzt mit Shanice zusammen und ist mit ihr nach Schweden zu seiner Mutter und danach für eine Woche nach Mauritius geflogen.

»Ich bin nicht sauer, wo ist Shanice?« Sie umarmt ihren Cousin. »Die musste gleich in ihre Praxis, aber sie kommt natürlich zur Eröffnungsfeier. Wir müssen auch gleich los, die Pakete sind bei dir zuhause angekommen, statt hier, deswegen dachten wir, wir bringen sie dir schnell. Wo ist die Toilette?« Dilara zeigt nach oben und sobald Miguel dorthin verschwunden ist, wendet sie sich zu Musa um, dessen Blick sie die ganze Zeit auf sich gespürt hat.

Sie trifft sofort auf seine schönen Augen und alles in ihr zieht sich zusammen. Wieso muss alles zwischen ihnen so verdammt kompliziert und verworren sein? Natürlich, weil sie es so hat werden lassen.

»Es scheint dir ja wirklich ernst zu sein, hier in Sierra zu bleiben.« Dilara nickt und sieht sich im Laden um. »Ja, ich habe jetzt meinem Leben etwas Form gegeben und es in die Hand genommen. Ich denke, ich bin auf dem richtigen Weg.« Musa lächelt matt. »Zumindest was diesen Teil meines Leben betrifft.« Er nickt. »Das

126

freut mich für dich, auch wenn ich es noch nicht so recht glauben kann.« Dilara tritt näher zu ihm. »Ich meine es ernst, Musa, ich weiß jetzt was ich will und ...« Er sieht sie ernst an. »Dann will ich dich nicht davon abhalten. Würde ich dir wieder zu nah kommen, würdest du bloß wieder flüchten und das wäre schade um den Teil deines Lebens.« Er sieht sich im Laden um. »Nein, Musa ...« Miguel kommt genau in diesem Moment die Wendeltreppe herunter. »Das ist ja richtig gemütlich geworden da oben. Wenn ich mal Ruhe brauche, weiß ich ja jetzt, wohin ich flüchten kann.« Dilara wendet ihren Blick nicht von Musa ab, doch für ihn ist das Thema damit erledigt und er geht schon voraus. Miguel umarmt Dilara noch schnell und folgt ihm.

Enttäuscht packt Dilara die Kisten aus und hängt die Kleider an die Stangen. Natürlich kann sie Musa verstehen. Wenn sie bedenkt, wie oft sie ihn hat stehen lassen und einfach abgehauen ist oder wie oft sie ihn abgewiesen hat, ist es ganz normal, dass er sie irgendwann nicht mehr an sich heranlässt. Doch sie weiß auch nicht, wie sie ihm zeigen kann, dass sie es ernst meint und verstanden hat, dass sie nicht vor diesen Gefühlen flüchten kann und dass sie sich im Moment nur noch wünscht sie zuzulassen. Sie kann nur auf die Zeit hoffen, die ihm zeigen soll, dass er ihr jetzt trauen kann, mehr kann sie nicht tun.

Dilara bleibt noch eine halbe Stunde, dann fährt sie nach Hause. Am nächsten Tag kommen Latizia, Sam, Bella, ihre Mutter, Sara und Abelia mit ihr ins Geschäft. Luftballons werden befestigt, die restlichen Sachen einsortiert, alles nochmal gewischt, die Kasse eingestellt, alles bekommt seinen letzten Feinschliff und am nächsten Tag kann Dilara die Anspannung kaum aushalten. Sie zieht sich ein rotes enges Kleid aus ihrer Boutique an, schmückt sich mit großen Kreolen und lässt ihre Locken von Latizia zu einem dicken Zopf flechten, der ihr bis tief in den Rücken fällt. Sie schminkt sich etwas und fährt schon vor in die Boutique.

Ein Catering-Service stellt gerade einen Grill auf, es werden Platten mit vielen Leckereien gebracht, Getränke werden angeliefert,

Süßigkeiten in Piñatas getan, die vor dem Laden angehängt werden. Eine Band kommt und spielt vor der Boutique, dazu wird bei der anbrechenden Dämmerung die Straße mit bunten Lichtern beleuchtet und die ersten Leute werden aufmerksam und kommen schon in die Boutique.

Heute wird nichts verkauft, doch man kann sich Sachen zurücklegen lassen. Bereits nach einer halben Stunde sind einige Bestellungen eingegangen, zum Glück hat Dilara von alle Kleidungsstücken immer mehrere im Lager. Auch ihre Familie trifft nach und nach ein, jeder kommt kurz vorbei, sie bringen Kleinigkeiten für den Laden, Blumen, Kuchen oder sonst eine Aufmerksamkeit mit.

Die Eröffnungsfeier ist ein voller Erfolg, immer mehr Leute aus der Nachbarschaft kommen. Jeder ist begeistert von dem Sortiment und dem Laden und Dilaras Mutter bleibt die ganze Zeit stolz an der Seite ihrer Tochter.

Kapitel 13

Natürlich kommen auch ihre Cousins vorbei, ein wenig später am Abend tauchen dann auch Adán und Musa auf. Dilara hat sich gefragt, ob Musa kommen wird, sie hat es gehofft, doch so richtig daran geglaubt hat sie nicht. Adán und Latizia haben ihr einen geweihten Rosenkranz geschenkt, der schon über dem Eingangsbereich hängt und Musa hat einen riesigen Strauß mit roten Rosen in der Hand.

Adán umarmt sie und als sie dann vor Musa steht, atmet sie erleichtert durch, als auch er sie in die Arme nimmt. Dilara schließt die Augen, als sie seine Arme um sich spürt und legt ihren Kopf an seine Brust. »Herzlichen Glückwunsch, Eiskönigin. Du hast das wirklich gut hinbekommen.« Dilara spürt seine Lippen an ihrem Scheitel und ist sich sicher, dass so einige sie beobachten, doch das ist ihr egal. Musa löst die Umarmung und legt ihr die vielen roten Rosen in den Arm.

»Danke, sie sind nicht mehr blau und aus Eis wie an meinem Geburtstag.« Dilara lächelt, als sie an seine Geschenke denkt. »Nein, vielleicht ein Zeichen der Hoffnung, dass das Eis schmilzt.« Dilara sieht auf und in seine Augen. Hat er es sich doch nochmal anders überlegt? Sie kann nicht weiter nachfragen, zwei Kundinnen kommen und geben ihre Bestellungen auf, die sie am Montag, wenn der Laden richtig öffnet, abholen wollen. Musa geht zu Adán und Miguel, der Shanice im Arm hat und Dilara kümmert sich um die Kunden.

Nach und nach gehen einige Kunden, aber Dilara muss nur auf die vielen Zettel sehen und weiß, dass sie morgen früh, bevor sie den Laden für Montag herrichten, die nächsten Bestellungen aufgeben muss. Ein Mann kommt zu ihr, er vertritt einen Großmarkt für Bekleidung in Puerto Rico und bringt ihr einige Kataloge mit. Es ist ein junger Mann, der Dilara vollkommen in Beschlag nimmt. Sie ist so glücklich und zufrieden, dass sie erst spät bemerkt, dass er ihr nicht nur etwas zu verkaufen versucht, sondern auch mit ihr flirtet.

Sie spürt Musas Blick auf sich. Viele ihrer Onkel und Tanten sind schon gegangen und langsam sind nur noch die Jüngeren da. Noch immer spielt die Band, aber dann schaltet Sanchez das Lied ein, das Dilara gesunden hat. Sie lacht, es ist mittlerweile aus dem Internet verschwunden und ihr Vater hat sich die Einnahmen und die Aufnahmen aus dem Studio geholt und dafür gesorgt, dass die nie wieder auf die Idee kommen, irgendetwas von Dilara online zu stellen. Doch natürlich haben ihre Cousins immer noch Aufnahmen davon und drehen jetzt voll auf.

Dilara entschuldigt sich bei dem Mann und plötzlich wird sie von Miguel hochgehoben. »Auf unsere Curly!« Alle heben die Gläser und sie stoßen an. Als das Lied an die Stelle kommt, die sie für Musa gesungen hat, sieht sie wieder zu ihm, findet ihn aber nicht mehr, auch Adán ist weg, vielleicht mussten sie dringend weg.

Dilara versucht die restliche Zeit zu genießen, es ist ihre Nacht, doch sie kann Musa nicht vergessen. Heute war er wieder viel offener zu ihr, sie kann ihn nicht einschätzen. Sollte sie ihm Zeit geben, oder doch noch einmal versuchen auf ihn zuzugehen? Sie überlegt sich, morgen noch einmal zu ihm zu fahren und mit ihm zu reden.

Die letzten gehen, Dilara will im Laden schlafen, da sie morgen noch einiges vorzubereiten hat. Als sie abschließt und sich noch einmal im Laden umsieht, atmet sie erleichtert durch, es ist ihr Reich. Sie geht nach oben, wo viele Geschenke und Blumen stehen. Auch Musas Strauß steht dort in einer Vase, Dilara riecht daran. Damian hat ihr vor drei Tagen ein Bett aufgestellt und sie wird heute zum ersten Mal in ihrem eigenen Reich schlafen.

Sie hat unten das Licht schon ausgeschaltet und will sich gerade das Kleid ausziehen, als es an der Glastür klopft. Irgendwer hat sicherlich etwas vergessen. Dilara geht die Wendeltreppe hinunter und erkennt Musa vor der Tür stehen. Sie schließt auf und Musa tritt langsam ein. Er sieht sie nachdenklich an. »Ich wollte noch abwarten, sicher gehen, dass du all das hier auch wirklich ernst meinst und nicht in zwei Wochen wieder weg bist ...« Dilara schließt die Tür wieder ab und will etwas sagen, doch Musa stellt sich vor sie und hält ihr den Finger an die Lippen.

»Aber als ich dich heute mit dem Mann gesehen habe, wusste ich auch, dass ich dieses Risiko, dich komplett zu verlieren, nicht eingehen darf ... Dafür liebe ich dich viel zu sehr.« Dilara stockt und sieht ihm in die Augen. »Du wirst mich nicht verlieren, Musa. Ich bin jetzt da und bleibe bei dir. Ich will gar nichts mehr anderes ...« Seine Lippen stoppen sie und Dilaras Herz zerspringt vor Glück, ihn wieder so zu spüren. Ihre Arme legen sich um ihn und für einen Sekundenbruchteil trennen sie sich. »Du hast mir so gefehlt.« Dilara spürt, wie sehr ihre Hände zittern, die um seinen Nacken liegen und dass sie Tränen in den Augen hat. »Du mir auch, Schatz.«

Er küsst sie erneut, hebt sie hoch und trägt sie die Wendeltreppe nach oben, ohne ihren Kuss zu lösen. Als sie es dann tun, küsst Musa ihre Wange, als er sie oben wieder absetzt und sich umsieht. »Es war für mich einer der schwersten Kämpfe die ich jemals geführt habe. Verstand gegen Herz. Ich wollte dich, als du zu mir gekommen bist, sofort in meine Arme nehmen und dich nicht wieder gehen lassen, doch ich konnte nicht.«

Musa öffnet ihren Zopf und lässt ihre Locken frei und Dilara nimmt all ihren Mut zusammen. »Ich war auf diese Gefühle, die du in mir ausgelöst hast, nicht vorbereitet, in keinster Weise bereit dafür. Ich habe viel falsch gemacht, aber letztlich weiß ich jetzt, dass ich dich liebe und dass ich diese Beziehung möchte, auch wenn ich trotzdem noch ein wenig Angst davor habe, aber ich will das, will dich.« Musa lächelt und küsst ihre Nase. »Ich habe auch ein wenig Respekt davor, jetzt so einen Schritt zu gehen, doch ich will dich auch nicht mehr vermissen, nicht einen Tag mehr.«

Dilara lacht und hebt die Hände. »Du weißt ja jetzt, wo du mich findest.« Sie ist glücklich, jetzt fühlt sich alles perfekt an. Dilara schmiegt sich an Musa und küsst ihn, sie hat diesen Geschmack und diese Nähe so sehr vermisst. Ihr Kuss wird schnell fordernder, sie will ihm endlich noch näher sein, ihn komplett spüren. Sie hilft ihm, sein Shirt auszuziehen und küsst über seine Tattoos, während er ihr Kleid und ihren BH auszieht. Bevor Musa sie aufs Bett bringt, geht er zu seinem Rosenstrauß und zieht die Blätter ab, um sie auf dem Bett zu verteilen. »Damit das Eis auch wirklich schmilzt.«

Er umarmt Dilara von hinten, schiebt ihre Locken beiseite und küsst ihren Nacken entlang. »Es ist geschmolzen.« Dilara kann sich ein leises Stöhnen nicht verkneifen als er ihre empfindliche Stelle zwischen Hals und Nacken trifft. Sie spürt Musas Lächeln und wie er sich dieser Stelle widmet.

Dilara hält sich an ihm fest. »Du wirst trotzdem meine Eiskönigin bleiben.« Er fährt über ihr Armband, das er ihr geschenkt und sie bisher nie abgelegt hat. Dilara lächelt, als er sie umwendet und sie sich aufs Bett und die Rosenblätter legt. Ohne Scham befreit sich Musa vom letzten Stoff und folgt ihr. Er ist so ein hübscher Mann, Dilaras Herz hüpft aufgeregt, als sie die Arme nach ihm ausstreckt und er sich zu ihr legt.

Sie verwöhnen sich, lernen das kennen, was sie noch nicht kennen, fühlen sich und genießen jeden Augenblick. Dilara ist vollkommen in den Gefühlen für Musa gefangen, als er seine Hände unter ihren Po legt, nachdem er sie so lange verwöhnt hat, bis sie zu fliegen begonnen hat. Er hebt ihr Becken hoch und sieht ihr in die Augen, als er in sie eindringt. »Ich liebe dich.« Dilara hat sich noch nie besser gefühlt als in diesem Moment. In Musas Augen erkennt sie, dass auch er spürt, dass das, was sie jetzt zusammenführen, auch zusammengehört. »Ich dich auch, mein Schatz.«

Dilara ist rundum glücklich, als sie die Augen öffnet und die schwere von Musas Armen um sich spürt. Sie atmet tief ein und spürt das erste Mal seit langer Zeit eine vollkommene Zufriedenheit, hier in ihrem Laden in den Armen des Mannes, den sie liebt. Sie dreht sich zu ihm und küsst ihn auf den Mund, was ihm ein zufriedenes Lächeln abringt, ihn aber noch nicht die Augen öffnen lässt, dafür wandern seine Hände wieder auf ihren Po.

»Dilara, mach auf, wir haben auch Frühstück dabei.« Das muss sie wachgemacht haben, es klopft unten an die Ladentür. Dilara sieht auf die Uhr. Latizia und Abelia wollten kommen und ihr beim Aufräumen helfen. Sie steht schnell auf, zieht sich eine Jeansshorts über und mit einem Lächeln Musas Shirt. Als sie zum Bett sieht, öffnet er gerade die Augen. »Schlaf noch etwas, ich habe unten noch zu tun.« Sie will ihm nur einen kurzen Kuss geben, doch er zieht sie ganz auf sich und küsst sie lange. »Schwöre mir, dass du nicht mehr vor mir flüchten wirst.« Dilara lacht und legt ihre Hand an seine Wange. »Ich schwöre, dass du mich nicht mehr so leicht los wirst. Ich liebe dich, Musa.« Musa entlässt sie mit einem Kuss und lächelt. »Ich dich auch, Eisprinzessin.«

Als Dilara wenig später mit ihren Cousinen im Laden arbeitet, während ihre Mutter ihnen Essen vorbeibringt und Musa mit Amalia kuschelt, weiß Dilara, dass sie ihr Glück gefunden hat. Keiner fragt richtig nach, was wegen Musa ist, weil offenbar allen klar war, dass sie sich wieder finden würden. Adán kommt Musa abholen und das erste Mal fällt es Dilara richtig schwer, sich von ihm zu trennen, was er lächelnd zur Kenntnis nimmt. Sie brauchen noch etwas Zeit, doch dann ist alles für den morgigen ersten Tag vorbereitet.

Latizia und sie verlassen als Letzte den Laden, Dilara nimmt einige der vielen Blumensträuße mit und die Sachen, die sie morgen tragen wird. Sie hat ihrer Mutter schon gesagt, dass sie heute bei Musa schlafen wird, was diese sich wohl schon gedacht hat. Dilara hat nicht mit Musa verabredet, wo und ob sie sich heute nochmal sehen, doch Dilara geht einfach mal davon aus. Latizia findet es schön, dass sie nun auch hier im Nachbarhaus leben und zeigt ihr, wo die Jungs immer ihre Ersatzschlüssel bunkern.

Dilara will noch etwas kochen und kommt zuerst zu Latizia, wo sicher mehr im Kühlschrank sein wird als bei Musa. Als sie dann zu Musa hinübergeht, ist sie doch etwas aufgeregt, als sie die Tür öffnet und sein Haus betritt.

Zwar war sie schon darin, doch trotzdem ist es dieses Mal anders. Sie legt die Sachen von Latizia in den Kühlschrank und verteilt die Blumensträuße in dem Haus, dabei fallen ihr überall Kleinigkeiten von Frauen auf. Da liegt eine Zeitung herum, im Bad steht Nagellack, ein paar Shirts hängen im Schrank, Hausschuhe, ein paar Kissen, die Musa niemals gekauft hat, liegen auf dem Bett. Dilara schnappt sich eine große Kiste, geht einmal durch das ganze Haus und wirft alles, was sie an eine Frau erinnert, hinein. Dabei wird ihr klar, dass Musa sehr wohl schon Frauen hatte, mit denen er länger zusammen war, während das alles für Dilara vollkommenes Neuland ist.

Die Sonne wird bald untergehen und Dilara geht in die Küche, als ihr Handy klingelt. Es ist Musa. »Bist du im Laden, mein Schatz?« Dilara lächelt, als sie ihn wieder hört. »Nein ...« Sie hört Musa leicht aufseufzen und lacht leise. »Ich bin in deinem ... unserem? Haus.« Das gefällt Musa offenbar, denn Dilara kann sein Grinsen förmlich durch das Handy hören. »Okay, ich komme nach Hause.«

Dilaras Herz schlägt schneller, sie macht das Wasser für die Nudeln an. Als sie die Tomatensoße mit dem Fleisch und dem Gemüse zubereiten will, kleckert sie sich komplett mit Tomatensoße voll. Sie stellt alles an und geht schnell hoch in Musas Schlafzimmer. Da sie nur Sachen für morgen dabei hat, zieht sie sich ein weißes Hemd von ihm an, was sie nur sporadisch zuknöpft, darunter trägt sie nur ihren Slip, allerdings geht ihr sein Hemd bis fast zu den Knien.

Nachdem sie dann wieder in die Küche kommt, hört sie schon, wie Musa sich von Adán verabschiedet und tritt vor die Haustür. Sobald Musa sie erblickt, strahlt er sie glücklich an. »So möchte ich ab jetzt immer begrüßt werden.« Dilara lächelt und deutet auf die Kiste, die sie achtlos auf die Veranda geworfen hat. »Ich habe dein Haus ein wenig entmüllt.« Musa lacht, als er in die Kiste sieht und umfasst ihre Hüfte unter seinem Hemd. »Mach was du willst mit dem Haus ... mit unserem Haus.« Dilara lächelt, als er sie küsst und ins Haus dirigiert, da lässt er sie aber los.

»Dein Vater hat mich heute zur Seite genommen und mir gesagt, dass er weiß, dass ich dich liebe und gut auf dich aufpassen werde und hat mir aber auch klar gemacht, dass du sein Engel bist und er immer auf dich aufpassen wird.« Dilara muss leise lachen. »Da musst du jetzt durch.« Musa nickt lächelnd, sie beide wissen, dass ihre Familie ihn bereits sehr mag.

»Gibt es etwas zu essen?« Dilara zeigt in die Küche, wo alles langsam vor sich hin köchelt. »In fünfzehn Minuten ist es fertig.« Musa sieht auf die Blumen und danach in Dilaras Augen. »Das ist wirklich schön, das ist es, was ich mir immer gewünscht habe.« Dilara hat noch immer ihre Arme um seinen Nacken. »Aber du hattest all das ja auch schon mit anderen Frauen, für mich ist das alles komplettes Neuland, ich ...«

Musa stoppt sie und legt seine Hand an ihre Wange. »Vertrau mir, Dilara, nichts von dem, was zwischen mir und dir ist, was ich für dich empfinde, hatte ich mit irgendeiner Frau. Ich habe noch nie für irgendeinen Menschen so starke Gefühle gehabt wie für dich, also ist das auch für mich absolut neu.« Dilara küsst seine Lippen bei seinem süßen Geständnis und Musa sieht sie weiter ernst an. »Du bist von meinem allerschwersten Kampf zu meinem allergrößten Schatz geworden.«

Dilara lächelt. »Und du hast die Eiskönigin zum Schmelzen gebracht. Ich liebe dich.« Musa lacht leise, hebt sie hoch und zieht ihr sein Hemd aus. »Fünfzehn Minuten? Hast du schon meine große Dusche gesehen, die muss ich dir unbedingt zeigen.«

Sie verbringen den ganzen Abend und die Nacht zusammen und am nächsten Tag ist Musa an Dilaras Seite, als sie den Laden eröffnet.

Dilara verspürt einfach nur pures Glück, auch wenn es nicht leicht war und ein längerer Weg bis zu ihrem Glück, als vielleicht bei manch anderen. Dafür weiß Dilara aber sicher, dass sie es jetzt viel mehr genießt, als wenn sie es zu leicht gefunden hätte und dass sie dieses Glück nicht so einfach wieder aufgeben wird.

<u>Die Llora por el amor – Reihe</u>   <u>Sonderausgaben</u>

1. Weine aus Liebe
2. Verschiedene Welten
3. Hass und Liebe
4. Nueva era
5. De tal palo tal astilla
6. Cicatriz

1. Sonderausgabe zu Weine aus Liebe
2. Latizias Weg
3. Dilaras Glück

Das Schicksal hat viele Gesichter, es kann Gutes bringen oder sich deinen Plänen in den Weg stellen. Es ist kein Zufall, dass uns manche Menschen begegnen. Wir lernen und wachsen an unserem Schicksal. Es ist keine Frage, ob dich das Schicksal aufsuchen wird, sondern wie du dann damit umgehen wirst.
Für jeden Menschen stellt sich irgendwann die Frage ...

... Glaubst du an das Schicksal?

- Europa 2064 -

»Früher war so vieles anders!« Der alte Mann mit den grauen Haaren und den vielen Falten im Gesicht sieht erschöpft auf sie alle herab.

Mila lebt in einer Zeit, wo es keine Bedeutung mehr hat, dass sie als Prinzessin geboren wurde. Im Gegensatz zu vielen anderen stört sie das überhaupt nicht. Sie möchte gar keine Prinzessin sein und verzichtet nur zu gern auf dieses Leben, welches sie nur aus Erzählungen kennt. Sie begleitet eine andere Prinzessin in das westarabische Königreich. Mila will nur etwas Spaß haben und die Welt außerhalb Europas kennenlernen.

Sie ahnt nicht, dass diese Reise ihr Leben für immer verändern wird ...